NUAGE ROUGE

DU MÊME AUTEUR

☆m

CHRISTIAN GAILLY

NUAGE ROUGE

© 1999 by LES ÉDITIONS DE MINUIT
www.leseditionsdeminuit.fr

ISBN 2-7073-1983-7
ISBN 978-2-7073-1983-8

LES ÉDITIONS DE MINUIT

© 2000/2007 by LES ÉDITIONS DE MINUIT
7, rue Bernard-Palissy, 75006 Paris
www.leseditionsdeminuit.fr

ISBN 10 : 2-7073-1983-X
ISBN 13 : 978-2-7073-1983-8

Tous les chats
ont les yeux verts.

Vladimir NABOKOV

Pour Suzanne.

1.

Un cavaleur, voilà ce que c'était, un lovelace.
Ce mot curieux nous vient du nom d'un per-
sonnage vivant dans un roman intitulé *Clarissa
Harlowe*, œuvre du romancier anglais Samuel
Richardson, fils de menuisier qui devint imprimeur avant de se mettre lui-même à écrire. Mais
ça nous vient surtout du mot « love », amour,
et du mot « lace », filet, piège.

Moi, ça ne me gênait pas, qu'il cavale, il
n'a jamais couru après ma femme, mais quand
même, souvent je me suis dit : Un jour pas
comme les autres, il tombera sur un mari pire
que les autres, il aura des ennuis. Souvent je
l'ai pensé. Eh bien je me suis trompé, c'est
sur une femme qu'il est tombé, une femme

11

pire que les autres, voici comment les choses se sont passées.

Je rentrais d'une réunion. Peu importe quelle réunion. Dans toute réunion un sort se joue, se jette. Je ne connais pas d'exception. Mon sort s'y jouait, le mien et pas mal d'autres.

Je roulais sur la route des Mauxfaits. J'étais presque arrivé. Je roulais assez vite. J'étais pressé. Ma femme m'attendait. On devait aller au cinéma. Voir quoi, je ne me rappelle pas. Je n'aime pas le cinéma, je l'aime mais je le déteste, c'est comme rêver, les réveils sont trop difficiles. Ma femme si, elle aime ça, alors bon, si ça lui fait plaisir, moi aussi, mais pour voir quoi, non, je ne me rappelle pas.

Je m'en souviendrais peut-être si on avait vu le film. On ne l'a pas vu. Bah non. Je suis rentré trop tard. De toute façon, après ce que j'avais vu, je n'aurais pas pu. Ma femme non plus. Je lui ai tout raconté. Bah oui. Bien obligé. Elle me demandait pourquoi j'étais en retard. Elle pensait que la réunion s'était mal passée. Elle me dit : La réunion s'est mal passée ? Sous-entendu : C'est pour ça que tu as traîné en route, au lieu de rentrer, alors que je t'attends.

Ce genre de réunion ne se passe jamais bien mais non, non, lui dis-je, il ne s'agit pas de la réunion. Alors il s'agit de quoi ? De ce que j'ai vu. Tu as vu quoi ? J'ai répondu.

J'avais à peine commencé mon récit. Elle m'interrompit, comme réveillée en sursaut, ou bien comme quelqu'un qui a oublié quelque chose sur le feu, ou dans le four, des tomates farcies : Mais mon chéri, me dit-elle, tu ne bégayes plus ?

Elle avait fini par le remarquer. Elle y avait mis le temps. Toi aussi tu as remarqué ? lui dis-je. Pourquoi moi aussi ? Parce que Lucien m'a dit la même chose. Ah, c'est ça, dit-elle, voilà pourquoi tu es en retard, tu traînais encore avec Lucien. Comme si j'avais l'habitude. Pas du tout, dis-je, je l'ai croisé sur la route : enfin, pas lui, sa voiture. Qu'est-ce que tu me racontes ? Ensuite seulement elle remarqua les taches de sang : Qu'est-ce que c'est que ça ? Tu t'es battu ? Elle m'énervait. Je reprends tout depuis le début.

Je roulais sur la route des Mauxfaits. Je rentrais chez moi. J'étais pressé. Ma femme m'attendait, et quand ma femme m'attend, elle m'attend, elle ne fait pas semblant. On devait aller au cinéma. Elle aime le cinéma, pas moi. Elle attendait le cinéma, pas moi. Elle m'attendait moi pour que je l'emmène au cinéma, elle ne peut pas y aller sans moi, mais ne me dites pas qu'elle m'attendait moi. Enfin bref, l'un dans l'autre, elle m'attendait.

J'abordais la grande ligne droite, celle qui relie mais passons, ça ne dirait rien à personne. Juste un détail : un cèdre du Liban en marque le début.

Je roulais assez vite mais pas trop, cette route est dangereuse, toute bosselée, pas très large, il faut faire attention quand on se croise, un écart est vite provoqué, et plus vous allez vite, moins vous avez le temps de redresser. Exemple : une bosse vous propulse vers le bas-côté. Vous redressez brutalement. L'écart est considérable. Au même moment vous croisez une voiture. Vous la percutez. J'en ai vu comme ça des accidents terribles. Jusqu'à présent j'ai eu de la chance. Je continue.

Une voiture arrivait en face. J'ai levé le pied.

J'étais sur mes gardes. J'étais très très préoccupé. La réunion m'avait fatigué. La réunion m'avait même éprouvé, très éprouvé, je m'en suis rendu compte à ma façon de serrer le volant. Il ne faut jamais serrer le volant, jamais s'y tenir, s'y retenir, jamais s'y agripper. Si un capitaine s'agrippe à la barre parce qu'il a peur d'être emporté, il est sûr de sombrer.

Elle arrivait vite. J'ai très vite reconnu la voiture de Lucien. Je pouvais me tromper mais ça m'a rassuré. Je me suis dit : Si c'est lui, il ne peut rien nous arriver. J'ai ralenti. Puis. J'ai envoyé un appel de phares. Il n'a pas répondu. Et pour cause. Il n'était pas dans la voiture. Pourtant, j'en suis sûr, c'était sa voiture.

Elle a ralenti elle aussi, et, dès qu'on s'est croisés, mon réflexe a été, non de me retourner, il ne faut jamais se retourner. J'ai regardé dans mon rétroviseur, celui de gauche, l'extérieur, le rétro intérieur distrait trop. C'était le bon numéro. Le numéro de Lucien. De la voiture de Lucien. Sans Lucien.

Lucien sans sa voiture, ça pouvait arriver, pas la voiture de Lucien sans Lucien. Une femme dans la voiture de Lucien, ça aussi ça pouvait arriver, ça arrivait même souvent, mais une femme à la place de Lucien, conduisant la voiture de Lucien, une femme seule dans sa voiture, au volant de sa voiture, ça non, ça ne pouvait pas arriver. Lucien n'aurait jamais confié sa voiture à une femme. C'est pourtant ce qui s'est passé. D'une manière ou d'une autre, il la lui avait confiée. A cette femme.

Je l'ai vue quand on s'est croisés. Lucien n'était pas dans la voiture, j'en suis sûr, ni à côté d'elle ni derrière elle. Elle était seule, elle conduisait, les yeux vides, le visage tout barbouillé, comme une enfant qui s'est gavée de confiture ou de fruits mûrs à pleines poignées. Je sais maintenant qu'il s'agissait de sang.

Je n'y croyais pas à la théorie du choc qui vous rend bègue, et si on n'y croit pas, à cette première théorie, on ne croit pas davantage à la seconde, c'est la même. Par conséquent, je ne croyais pas non plus à la théorie du choc qui annule le choc, à la théorie du choc qui guérit, qui vous rend comme avant, plus du tout bègue.

Le premier choc, j'avais vingt ans. Des camarades à moi, retrouvés morts, mutilés. J'ai tourné de l'œil et quand je me suis réveillé je ne pouvais plus parler correctement. Ma fiancée du moment, ma femme actuelle, a quand même accepté de se marier. C'est dur de vivre avec un bègue. On ne peut pas se disputer. J'insultais encore mais très difficilement. Autant se taire. Faire de soi une espèce de muet. J'ai fait de moi un auditeur libre. Rien n'est plus exaspérant, je sais, mais quoi que vous fassiez, que vous vous taisiez ou que vous tentiez de parler, vous exaspérez.

Le sort du département était en train de se jouer, mon laboratoire en particulier et tous ses occupants. Nos travaux n'intéressaient plus. Même sens, pourtant, même portée, même avenir de la pensée par conséquent, mais plus d'intérêt pour personne. Tout était d'ailleurs déjà décidé. Il s'agissait de savoir comment nous allions résister.

J'ai freiné aussi fort que j'ai pu. Je me suis arrêté. Un instant j'ai pensé la poursuivre. Je ne l'ai pas fait. J'aurais dû. On a eu du mal à la retrouver. Je me suis rangé sur le bas-côté. J'y suis resté un bon moment à réfléchir. Je regardais la route paralysée, le paysage partagé.

J'avais la sensation d'être arrêté dans un temps mort, de vivre un temps mort, un temps de silence et d'immobilité, d'où peut-être je n'allais plus sortir et ça m'aidait à réfléchir.

Je me disais, me parlant à l'oreille, à mes oreilles qui bourdonnaient au fond de mon crâne, un crâne oxygéné par une respiration qui étouffait dans le silence pressurisé de l'habitacle, je me disais : Mais alors, si c'est sa voiture, et c'est sa voiture, j'en suis sûr, et si c'est cette femme qui la conduit sans lui, c'est qu'il était avec cette femme, mais alors, lui, où est-il ? A pied quelque part sur la route, en train de marcher ? A terre, blessé ? Ou mort mais où ?

C'est alors que je me suis rappelé cet endroit où il emmenait souvent des filles et plus tard des femmes, avec l'âge Lucien ne s'était pas calmé. Un jour, il y a longtemps, on était jeunes, il m'y avait traîné. Je n'y suis jamais retourné. Je n'aimais pas ce qui s'y passait. Chacun ses goûts. Ou plutôt j'avais peur d'y prendre goût et que ça me rende mauvais. C'est peut-être là qu'il est, me dis-je.

J'ai dû me répondre : Oui, peut-être bien.

Ou alors : Oui, c'est bien possible.

18

Ou bien : Oui, c'est probable.

Je ne sais plus très bien mais aussitôt après j'ai remis le moteur en marche et j'ai redémarré avec le sentiment paradoxal car triomphant d'être au monde le premier à être informé d'une chose grave et d'être le premier et seul au monde à m'en occuper, ça n'allait pas durer.

J'ai eu du mal à retrouver l'endroit. Pour qui ne connaît pas, l'entrée du chemin n'est pas visible de la route. On passe sans la voir. J'ai failli la manquer. Je l'ai manquée. J'ai dû m'arrêter, reculer. Je me disais : C'est par là, c'est par là, sans ralentir suffisamment, alors évidemment, quand j'ai vu l'entrée, au dernier moment, je l'avais déjà dépassée, j'ai dû m'arrêter, reculer.

Le chemin n'avait pas changé. Il était toujours plein de trous, plein de cailloux et bordé de vieux troncs envahis par le lierre, de temps en temps l'un d'eux s'effondre, tellement creux qu'il en est vide et se couche en travers du chemin. Tout ça se passait en plein été à la fin de la journée. Le chemin finissait en impasse, un peu comme le ciel d'une marelle, un ciel qui se serait fait charmant, une très jolie clairière avec un petit étang.

J'arrivais sur les lieux du choc second, le choc réparateur, le mal par le mal. Non, pardon : le bien par le mal. J'ai trouvé Lucien là. En piteux état. Je n'ai pas tourné de l'œil. J'ignore pourquoi. L'âge, peut-être. La haine, sans doute. La haine de quoi ? Je ne sais pas. C'est plus simple.

Il avait perdu beaucoup de sang. Il était vivant. Il était conscient. Je me suis penché sur lui. J'ai parlé. Mon pauvre vieux, lui dis-je. Faute de mieux. J'insistai : Qu'est-ce qu'on t'a fait ? Encore : Qui t'a fait ça ? Pour finir : Qu'est-ce qui s'est passé ?

Il arrive que les grands blessés fassent la part des choses. Alors lui, avec un humour de mourant : Mais dis donc, me dit-il, tu ne bégayes plus ? Bah non, tu vois, lui dis-je, tu ne pourras plus te moquer de moi. J'avais envie de me moquer de lui : Tu t'es fait avoir, cette fois, mon ami, mais c'est bien fait pour toi, ça devait finir comme ça.

Ne bouge pas, lui dis-je inutilement, il n'était plus capable de bouger, je vais chercher la voiture. Je l'avais laissée à l'entrée de la clairière. Je l'ai découvert près de l'étang. Rien ne manquait à la surface de l'eau, ni les araignées ni l'écume jaune et verte. Couché dans la sciure.

Il était blanc, d'un blanc différent du blanc de la sciure, un blanc gris, un blanc dur, un blanc vide de sang, d'un rouge qui teignait le blanc doux de la sciure, sa nuque reposait sur la souche, on avait coupé l'arbre récemment, malade sans doute.

Je l'ai transporté à l'hôpital de la Roche-sur-Yon. Ça faisait loin. J'ai pris toutes sortes de risques. Je n'ai pas eu peur une seule seconde. Aux urgences, ils me l'ont pris tout de suite. Une demi-heure plus tard, l'interne est venu me voir. J'attendais assis dans le couloir. Je me suis levé pour lui parler. J'étais plus grand que lui. Il était trop petit. Je ne pouvais pas lui faire confiance. J'ai dit : Vous pensez qu'il pourra vivre comme ça ? Alors lui : Pourquoi pas ? Il ajouta : Regardez les femmes.

2.

Non. Nous n'allons pas regarder les femmes, toutes les femmes, il y en a trop, on n'en finirait pas. Nous n'allons pas non plus regarder la femme, celle qui vaudrait pour toutes les autres, elle n'existe pas. Nous allons regarder une femme, cette femme-là, Rebecca Lodge, elle s'appelait comme ça.

Je la croyais anglaise, ou américaine, avec un nom pareil. Elle était danoise. Je la croyais juive, séfarade, ou ashkénaze, ou les deux à la fois, si c'est possible, par alliance, je ne sais pas, je n'y connais rien. Elle était protestante. Je la croyais mariée à un conservateur quelconque, d'un musée quelconque. Elle avait épousé un marin. Le capitaine de corvette Pierre-Yves de Kerguélen. Je la croyais heureuse en ménage. Elle était veuve. Je l'ai cru mort dans une bataille navale. Il se fit bêtement tuer par un chalutier fraudeur qui refusait d'obtempérer. Il exerçait une sorte de police dans les zones de pêche du Grand Nord. Le gangster disposait d'une arme à bord. Le petit canon ne tira qu'une fois, au bon endroit.

Pas vraiment blonde, châtain clair. Pas du tout charpentée, au contraire. Une petite bonne femme toute menue avec des lunettes de soleil et un chapeau de paille, un canotier, enfoncé jusqu'aux oreilles. En plein hiver. Elle ôta ses lunettes. Je m'attendis à rencontrer deux yeux petits et noirs. Ils étaient petits mais clairs. Deux émeraudes un peu grises. Disons vert océan par mauvais temps. Pas de pluie mais beaucoup de vent. Grosse mer. A peu près la mer que son mari avait quand il s'approcha du chalutier gangster. Sauf que la mer était noire. Le ciel aussi. Car si le ciel est noir, la mer aussi. Et les lumières faisaient de ce navire un morceau de ville détaché et perdu, égaré dans la nuit. Ça s'est passé la nuit. La traîtrise a eu lieu en pleine nuit.

Elle était comme ça quand je la vis pour la

23

première fois. C'était la deuxième fois mais c'était comme la première fois. La véritable première fois, je ne vis d'elle qu'un visage plein de sang qui conduisait la voiture de Lucien. Le signalement que j'ai donné n'a servi à rien. Pas plus que le signalement de la voiture de Lucien.

On ne l'a même pas cherchée. Lucien refusait de parler. Il était le seul à l'avoir vue, ce qui s'appelle vue, comme jamais un homme n'a l'occasion de voir une femme. Moi, à côté, je n'ai rien vu, jamais je ne verrai ce qu'il a vu. Il refusait qu'on la poursuive. Il voulait qu'on la laisse tranquille. C'était sa faute. Tout était sa faute. Je l'ai bien mérité, disait-il.

On a retrouvé sa voiture. Tout près de l'endroit où je l'avais croisée. A l'endroit même où Rebecca Lodge était tombée en panne. Si je l'avais suivie, je l'aurais vue procéder à l'échange de voiture. Je ne l'ai pas fait. J'ai bien fait. Si je l'avais fait, on l'aurait sans doute arrêtée.

Je ne l'ai pas vue sortir du coffre un bidon d'essence. Ouvrir la portière de sa propre voiture. Se pencher à l'intérieur pour déclencher l'ouverture du volet de remplissage. Verser l'essence que contenait le bidon dans son propre réservoir. Puis elle a refermé le volet. Rangé dans le coffre le bidon rebouché. Au volant, elle s'est installée. Elle a mis le contact. Tourné la clef. Le démarreur a commencé à ahaner. Le ahan dura un certain temps. La pompe a besoin d'un peu de temps. L'essence était longue à monter.

Tout ça je l'aurais vu si j'avais été là mais je n'étais pas là, c'est elle qui m'a tout raconté.

Avant de s'enfuir, elle changea de vêtements. Ceux qu'elle portait étaient tout tachés de sang. Elle tira de son sac un jean et une chemise. Elle changea aussi de chaussures. Elle se lava les mains et la figure avec de l'eau d'Evian. En profita pour boire. Recoucha dans le coffre la bouteille rebouchée et, comme on claque une porte derrière soi, le referma.

25

3.

Moi, je rentrais d'une réunion. Bon, très bien. Mais Lucien, lui, il rentrait d'où ? De nulle part. Il ne rentrait pas de. Il venait de. D'où ? De chez sa mère. Autant dire de nulle part. Il avait dit au revoir à sa mère et il se rendait à son rendez-vous. Ça me rappelle une chanson qui nous parle de l'instant du premier rendez-vous. Pour Lucien, c'était le dernier. Il n'aura plus jamais rendez-vous. En tout cas, pas avec une femme. En tout cas, pas pour faire ce qu'il a toujours fait avec les femmes. Etonnant qu'il ne se soit pas tué. A sa place, moi, dans l'état où il était, je me demande ce que j'aurais fait. Enfin bref, à ce dernier rendez-vous, il ne s'est jamais présenté.

Son copain Jean-René, un type que je

connais, je le déteste, l'attendait au tabac avec une fille. Si moi je m'étais arrêté au tabac comme j'en avais l'intention en rentrant de ma réunion, je n'avais plus de cigarettes, pour acheter des cigarettes, une cartouche de Gitanes filtres, s'il vous plaît, je les achète par cartouches, je suis tranquille pour un moment, j'aurais vu Jean-René avec la fille attablés devant un café et Jean-René m'aurait demandé, si, par hasard : Tu n'aurais pas vu Lucien ?

Non, lui aurais-je répondu, pourquoi ? Parce qu'on avait rendez-vous. Ah bon ? Et comme j'avais très soif j'aurais probablement pris un demi au comptoir. Oui, sûrement. Et pendant qu'entre deux gorgées, en pensant à la réunion, j'aurais joué sur le zinc avec la mousse qui coulait sur le pied de mon verre, Jean-René et la fille se seraient levés pour partir et Jean-René en passant derrière moi m'aurait dit : Si tu vois Lucien, tu lui dis qu'on l'a attendu et qu'on est partis. C'est ça, aurais-je dit, moi, désagréable, je le déteste, mais Jean-René m'aurait quand même serré la main, avec l'air supérieur du type qui part avec une fille, alors que vous vous res-

27

tez sans, non seulement sans mais seul, et la fille m'aurait juste adressé un sourire.

Enfin voilà, je serais rentré à l'heure et puis Suzanne et moi, ma femme s'appelle Suzanne, on serait allés au cinéma. Pour voir quoi, je ne me rappelle pas. Je ne l'ai peut-être jamais su. N'importe quoi. Ce que tu voudras. Suzanne a dû me le dire. Je n'écoutais pas. Je me moquais bien de savoir ce qu'on allait voir. J'avais d'autres soucis. Suzanne aussi. Elle pensait que ça me changerait les idées. A elle aussi. Mon souci était son souci. J'étais seul à travailler. Je gagnais bien ma vie dans mon laboratoire. Suzanne peut-être allait devoir recommencer à travailler. Reprendre son ancien métier. Qu'elle avait quitté de son plein gré. Je ne l'ai pas obligée. Qu'on ne vienne pas me dire, comme une amie à elle un soir venue dîner, que je l'ai obligée. Je ne l'ai pas obligée. Mais l'amie me fit observer qu'il existait différentes façons d'obliger une femme. Ah bon ? lui ai-je dit. Même Suzanne s'est fâchée avec elle.

Enfin bref, à peine rentré, le temps de tout raconter, je ne bégayais plus, j'ai fait vite, je suis reparti en disant à Suzanne : Il faut que je passe chez la maman de Lucien. Comment ? Si tu dois m'attendre pour dîner ? Oh oui, lui dis-je, je fais juste l'aller et retour. Non, je ne lui ai pas dit ça. Si, enfin, quelque chose comme ça : J'en ai tout au plus pour une petite heure.

Elle a téléphoné au bout de deux grandes heures. J'étais toujours chez la mère de Lucien. C'est pour vous, me dit-elle. J'arrive, dis-je à Suzanne. Je suis désolé, dis-je à la mère de Lucien. Je n'avais pas l'intention de me rasseoir. Une heure plus tard, Suzanne a rappelé. Il vient de partir, répondit la maman de Lucien. Tu venais juste de partir, me raconta Suzanne quand je suis rentré. Ah bon ? dis-je. Elle : Tu en as mis du temps. C'est difficile, ai-je répliqué. Alors elle : Je sais bien, mais quand même, et mon dîner ? Eh bien quoi, ton dîner ? Elle a d'ailleurs par la suite très mal pris mon trafic sentimental avec Lucien, ce qu'elle appelait mon manège, et plus tard encore plus mal mon histoire avec cette femme.

Quand je pense à elle, je pense à lui, au capitaine de Kerguélen. J'aime bien penser à lui. Ça me repose d'elle. J'aime faire des phrases pour parler de lui. Donc d'elle. Vous ai-je dit où il avait marié sa petite Danoise ? Non ? Je ne vous l'ai pas dit ? Eh bien : ils ne se sont mariés ni à Copenhague ni à Brest. Ils se sont mariés près de Paris, en l'église Sainte-Eugénie de Marnes-la-Coquette, un jeudi, et le capitaine reprenait la mer le soir même. Oui, le soir même. Ce détail m'a abasourdi. Je me suis dit, je ne sais pas pourquoi, que le grand amour c'était ça.

Justement la mère de Lucien me disait : Mon fils n'a jamais connu un grand amour. J'avais envie de lui dire : Si, vous. Son hypocrisie me faisait de la peine. Sa mauvaise foi. Cette innocence. Cette monstrueuse innocence. Mais je n'allais pas la tourmenter. Ce qui venait d'arriver à Lucien, son fils, c'était quand même encore son fils, un vieux type à présent, l'avait bouleversée. Moi aussi ça m'avait bouleversé, mais dans le bon sens, alors qu'elle, ça l'a plutôt achevée, elle est morte peu de temps après.

Je crois que si sa mère n'était pas morte Lucien ne se serait pas occupé de Rebecca Lodge comme il s'en est occupé, et par conséquent moi non plus. Mon intention était de m'occuper de lui, pas de Rebecca Lodge, mais comme lui n'était occupé que par elle, à peu près jour et nuit, j'ai dû m'en occuper aussi, aux dépens de Suzanne, je ne m'occupais plus du tout de Suzanne, alors elle s'est remise à travailler, tant mieux d'ailleurs, parce que moi, je me suis bientôt retrouvé sur le pavé, si on peut dire, puisque tout ça se passait à la campagne, sur une route de campagne, une toute petite route.

4.

Elle n'était pas perdue. Elle se promenait en France. Elle traversait le département de la Vendée. Elle se dirigeait vers la Bretagne, le pays de son bien-aimé. Elle envisageait de dormir à La Roche-sur-Yon. Elle n'en était plus très loin. Elle traînait. Elle flânait. Elle se baladait. Rien ne vaut la balade pour penser à quelqu'un. Elle y pensait. Elle était là pour y penser en paix. De temps en temps, délibérément, elle s'aventurait sur une petite route mais jamais elle ne se perdait. Son sens de l'orientation était tout bonnement excellent, même le capitaine s'en étonnait, son grand officier chéri. C'est tout bête, elle marchait au soleil, comme d'autres au radar.

Par bonheur, ce jour-là, il y avait du soleil. Il

y en a tous les jours mais certains jours on ne le voit pas, c'est comme l'amour. Ce jour-là, par bonheur, on le voyait comme le nez au milieu de la figure de l'amour et elle comptait sur lui pour s'orienter. S'il avait fait nuit, elle aurait compté sur l'étoile polaire. Il ne faisait pas nuit, pas au sens ordinaire. Il faisait encore grand jour. C'était l'été en fin d'après-midi.

J'en ai assez pour aller jusqu'à La Roche, se disait-elle. Elle pensait avoir suffisamment d'essence. Elle avait confiance. Oui, sans doute, mais, à force d'en avoir suffisamment, et, surtout, à force de s'aventurer en toute confiance, elle n'en eut plus suffisamment.

Sans perdre de vue le soleil et l'amour, elle avait fini par se perdre quand même. Oh, pas très longtemps, mais on sait comment c'est, il ne suffit pas de viser le soleil, toutes les routes n'y mènent pas, n'est-ce pas, capitaine ?

Et puis, la malchance aidant, il se trouva que la station BP, jaune et verte, apparaissant comme une providence, c'est le mot qu'elle utilisa, « providence », était fermée.

A ce moment-là, dit-elle, je la cite : J'ai commencé à m'inquiéter, et dès que je suis

33

inquiète, j'ai envie de faire pipi, et quand j'ai envie de faire pipi, je deviens folle. Elle parlait de sa nervosité maladive. L'angoisse propre-ment dite commença de l'oppresser quand le voyant de la réserve s'est allumé.

Des chaînes interdisaient l'entrée des pistes. Les pompes étaient éteintes. On se sent d'une humeur délinquante. On a envie de briser les chaînes. On a envie de forcer la porte de la boutique. On a envie de rallumer les pompes en injuriant les gens qui se reposent. Pour finir, elle eut envie de pleurer, car évidemment elle n'osa pas.

Elle redémarra avec très peu d'essence dans le réservoir, son angoisse et une très forte envie d'uriner. Elle envisageait de faire dans les toi-lettes de la station. Rien ne fut possible. Ni le plein ni le vide, me dit-elle. Alors, oubliant quelque peu l'essence, elle se mit en quête d'un endroit.

Le voyant, rouge, de la réserve était à présent fixe, je veux dire plus du tout clignotant, par conséquent n'indiquant plus la présence, remuante, dans le fond du réservoir d'une quantité, rassurante, de carburant et le moteur tournait toujours, et à chaque tour de moteur la pompe, insatiable, infatigable, aspirait, comme si elle se disait : Tant que le moteur tourne, moi, j'aspire, le reste m'indiffère.

Les femmes de ce côté-là ne sont pas gâtées. Ou bien l'endroit est d'accès facile mais trop exposé, à quoi, on se le demande, au regard, imbécile, ou bien pas mal, disons possible mais inaccessible. La panne régla la question. Elle décida de l'endroit : Ce sera là. Là ? Non, un peu plus loin.

Le moteur se mit à tousser. La pompe avait beau pomper. L'essence, dans les tuyaux, passant de la continuité brisée à une franche discontinuité, ne montait plus que par à-coups. Le moteur tombait dans un trou. En sortait. Y retombait. Se battait comme une tête qu'on tente de noyer. Pour finalement ne plus se relever ni respirer. Il se laissa mourir en attendant la fin de son élan. Je vais enfin pouvoir pisser, pensa Rebecca Lodge.

Elle se rangea le long du bas-côté, ouvrit la portière, vite, vite, descendit, vite, vite, Jésus, je vais faire dans ma culotte, fit en vitesse le tour de la voiture et se cacha derrière. L'essentiel de l'angoisse s'en allait avec l'urine. Accroupie, à l'abri, elle pensait : Il faut que j'arrête une voiture. Pourvu qu'il en passe une. Mais pas maintenant, seigneur, non, faites qu'elle ne passe pas maintenant, j'aurais trop honte. Il n'en passa aucune. C'est l'avantage de ces petites routes. Il n'y passe jamais personne. Pendant près d'une heure, pas une seule voiture ne passa.

Et puis, enfin, dans l'abrutissement d'une heure d'attente dans la chaleur de l'après-midi, l'abrutissement d'une très jolie petite route qui n'avait plus rien de très joli, pas plus que le paysage, qui n'avait plus rien de paisible, tout paysage devient hostile, tout comme vous, qui devenez hostile à tout, elle entendit le bruit d'un moteur et elle se retourna.

Une voiture approchait. Une voiture bleue. Lucien arrivait sur les lieux. Il m'a raconté ça un nombre incalculable de fois. Pendant toute la durée de sa convalescence, et même au-delà, il n'a pas cessé de me raconter comment les choses s'étaient passées.

5.

Il avait à l'évidence besoin de se faire du mal. J'entends par mal une sorte de bien. Ça lui faisait du bien de me raconter tout ça mais ça ne suffisait pas, alors il recommençait, et moi je l'écoutais, avec une patience que sur le moment je ne comprenais pas, je ne comprenais pas le plaisir que j'avais mais peu importe, j'avais plaisir à l'écouter parce que chaque fois l'histoire changeait. L'histoire en elle-même ne le soulageait pas. C'était plutôt quelque détail nouveau, que dans chaque reprise il introduisait, qui semblait-il le soulageait, comme s'il eût conscience d'un progrès, comme s'il avançait, et en effet, moi qui l'écoutais, je voyais bien qu'il avançait.

Au début tout se passa très bien. Lucien se

conduisit en parfait galant homme. J'exagère. Disons normalement. Il s'arrêta pour secourir Rebecca Lodge. Il ne pouvait, à vrai dire, faire autrement. Qu'il ait souhaité ou non s'arrêter, il ne pouvait pas passer. La petite route était trop étroite. On ne pouvait s'y croiser qu'à la condition que l'une des deux voitures se range sur le bas-côté.

Lucien fut par conséquent obligé de s'arrêter. Il était déjà très énervé. Il venait de chez sa mère. De chez lui. Il vivait avec sa mère. Il venait de quitter sa mère et comme d'habitude il avait mauvaise conscience. Elle ne disait rien, jamais, mais n'en pensait pas moins. Une fois de plus il se sentait coupable d'avoir laissé tomber sa mère pour aller s'amuser. Elle ne disait rien quand il s'en allait, elle le regardait, mais, mettons-nous à sa place, il ne pouvait tout de même pas emmener sa mère et l'asseoir dans un coin pendant qu'avec Jean-René il s'occuperait de la fille. Bref, il avait rendez-vous et il était pressé.

Et quand il vit qu'il était obligé de s'arrêter, il commença par injurier la voiture imbécile qui l'empêchait de passer. A propos, que faisait-il lui-même sur cette route minuscule où ne se promènent que les égarés ? Réponse de l'inté-ressé : Ça rallonge un peu mais ça va plus vite parce que la route est toujours vide, on peut foncer : Vous ne pourriez pas vous garer un peu mieux ? dit-il en premier lieu.

Il aurait dit ça à n'importe qui, homme ou femme, jeune ou vieux, fort ou faible, seul ou nombreux. Sa colère est sortie de la voiture comme la foudre, qui ne s'occupe pas de savoir sur qui elle va tomber, elle tombe, en pleine nuit, sur un arbre, dans le parc, les enfants sont terrorisés et, en un millième de seconde, tous vos souvenirs sont calcinés. J'ignore pourquoi je repense à ça. Un mauvais rêve. Sans doute. En tout cas, lui, il vit sur qui c'était tombé, et, du même coup, sur qui, lui, était tombé.

Avec les femmes Lucien avait horreur de mal tomber. Dès qu'il rencontrait l'apparence, la promesse, la perspective d'une résistance, son désir était de la piétiner. Mais Lucien était quand même un homme civilisé. On parlemente avant de frapper. Il commença donc par le commencement.

Excusez-moi, dit-il, je me suis énervé. J'ai

rendez-vous. Je suis un peu pressé. Si vous pouviez vous ranger un peu mieux, vous pousser un peu, que je puisse passer. J'aimerais beaucoup, répondit Rebecca Lodge avec un accent délicieux : non seulement me pousser un peu mais carrément foutre le camp, hélas je suis en panne. Lucien pensa : Ça y est, il va falloir soulever le capot. En panne de quoi ? dit-il. Qu'est-ce qu'elle a ? Puis il pensa : Je perds mon temps à lui demander ça, elle n'y connaît rien, puis répéta : En panne de quoi ? D'essence, répondit Rebecca Lodge. Ah bon bah alors ça va, dit-il, si ce n'est que ça, ça va s'arranger, ça va très vite s'arranger, vous allez voir.

Evidemment pendant cet échange de paroles les deux individus s'observaient, les êtres humains s'observent toujours quand ils parlent entre eux. Elle est coiffée comme ça. Il est habillé comme ci et comme ça. J'aime bien ses yeux. Sa couleur de cheveux je n'aime pas. Il a un regard vicieux. Elle parle le français avec un accent délicieux. Je me demande d'où elle sort. L'ennui, reprit-il, c'est que la station d'essence la plus proche est à vingt kilomètres, et il n'est pas question d'y aller à pied, alors voici ce que nous allons faire.

Nous allons pousser un peu votre voiture sur le bas-côté afin que je puisse passer. Ils la poussèrent. Ensuite vous fermez votre voiture à clef. Elle la ferma. Ensuite vous montez avec moi. Elle monta avec lui. Attendez, dit-il, je vais vous débarrasser. Il ôta sa veste qui reposait sur le siège avant, soigneusement pliée sur le dossier et il l'allongea sur la banquette arrière. Ensuite je vous emmène chercher de l'essence. Nous prenons un bidon et nous revenons. Pas lui. Lucien ne revint pas. Rebecca Lodge revint seule. Bref, les voilà partis.

Le long des premiers kilomètres, composés sur les côtés d'arbres qui défilent et devant soi de tunnels verdoyants qui débouchent avec brutalité sur des ciels qui s'ouvrent comme des éventails et qui aveuglent, Lucien, tout en conduisant, se livrait à un rapide calcul, si rapide qu'il le reprenait inlassablement.

Je vais louper mon rendez-vous, se disait-il. Jean-René et sa copine vont s'être barrés. Alors. Quitte à me priver de la copine de Jean-René. Autant profiter de celle-ci. Seulement voilà. Ça se présente mal. Elle n'a pas l'air commode. Elle ne se répand pas en remerciements. Elle ne rougit pas. Elle est relaxe, à l'aise. Bah oui. Elle en a vu d'autres. Des comme moi. Je ne l'impressionne pas. Enfin on verra bien. Ne précipitons rien, pensait-il, tandis qu'elle, Rebecca Lodge, de son côté, se disait : Bon, après tout, c'est très bien, il n'est pas tard, ma belle-famille ne m'attend que demain, je vais pouvoir dormir à La Roche, ça aurait pu être pire, de quoi je me plains ?

6.

C'est ce que je disais à Lucien au début : De quoi te plains-tu ? Elle aurait pu te tuer. Alors lui : J'aurais préféré. Alors moi : Oui, on dit ça, j'aurais préféré, c'est la mode, et au moment de mourir on préfère vivre, c'est vérifié. On ferait n'importe quoi. On est capable d'accepter n'importe quelle saloperie de marché faustien. Par exemple : Je vous prends ce à quoi vous tenez le plus, votre amour, je dîne avec, je couche avec, en échange de quoi vous vivrez. D'accord, dit l'autre, l'ordure promise à la mort, ça marche. Tu dis ça mais tu n'en sais rien, me dit-il, tu ne te rends pas compte, me disait-il. Si, si, je me rendais compte, et encore aujourd'hui, je me rends compte.

A propos de comptes, Rebecca Lodge voulut,

c'est normal, payer l'essence. En effet, après qu'ils eurent atteint la station BP, qui n'était pas fermée, ça alors c'est un comble, juste pendant l'heure du déjeuner, certes un long déjeuner, près de cinq heures, de vraies noces, mais on sait comment c'est, à la campagne.

Après qu'ils eurent atteint la petite station jaune et verte de la British Petroleum qui par bonheur était rouverte, puis demandé à la dame, une dame rougeaude en bottes de caoutchouc et gilet en mohair mauve, un bidon d'huile, rincé à l'essence, ou un bidon tout court, un bidon à eau, une grande gourde, enfin bref, ce que vous avez, si possible de dix litres, puis rempli le bidon à la pompe de « sans plomb 98 », puis déposé le bidon dans le coffre, Rebecca Lodge, qui n'avait pas pris d'argent sur elle, voulut, c'est normal, rembourser Lucien mais Lucien refusa, disant qu'on n'allait pas faire des manières pour dix litres d'essence, n'est-ce pas, mais non, mais non, allez, laissez-vous faire, ça me fait plaisir.

Sur la route du retour, même paysage en sens inverse, même lumière aveuglante s'invaginant dans le ciel des arbres comme un cri qu'on étouffe, un beau cri déjà pris dans le piège des branches, Rebecca Lodge ne changea pas son attitude. Elle ne se répandit pas en remerciements. Merci, merci, c'est vraiment très gentil. Non seulement vous prenez sur votre temps pour me dépanner mais en plus vous payez l'essence. Je ne sais comment vous remercier. Non, rien de tout ça. Dieu merci Rebecca Lodge ne dit rien de tout ça, surtout pas : Je ne sais comment vous remercier, car, si elle avait dit ça : Je ne sais comment vous remercier, Lucien, lui, aurait dit : Moi je sais comment, mais dieu merci elle ne l'a pas dit et Lucien mentalement le lui reprocha.

Lucien supportait mal qu'une femme ne lui doive rien. Toute femme devait avoir besoin de Lucien. Lucien possédait ce dont une femme devait avoir besoin. Celle-ci semblait n'avoir besoin de rien. Elle ne rougissait pas. Elle n'était pas dans tous ses états. La présence de Lucien ne lui faisait ni chaud ni froid. Il faut dire, que. Quoi ? Quand on a connu Pierre-Yves de Kerguélen. Je l'ai vu en photo. Lucien n'était pas de taille à impressionner qui que ce soit, je veux dire qui que ce soit de la classe d'une Rebecca Lodge ayant connu, bien connu, très bien connu, aimé, beaucoup aimé et même plus que ça un officier de grande tenue comme le capitaine de corvette Pierre-Yves de Kerguélen.

Lucien sentait qu'il n'en obtiendrait rien. Le ciel de ses humeurs s'assombrissait sur la route du retour. Il freina comme une brute et s'engagea sur la droite dans un chemin invisible de la route. Rebecca Lodge n'en fut pas autrement surprise. La passion défunte qu'elle trimballait sur son visage ne pouvait qu'exaspérer un médiocre comme Lucien.

Le chemin n'avait pas changé. Il était toujours plein de trous, plein de cailloux et bordé de vieux troncs envahis par le lierre, étouffés par le lierre, mis à nu, à vide, par les fourmilières, alors de temps en temps et à l'insu du monde l'un de ces vieux vides réduits à rien se couchait en travers du chemin, il fallait du temps pour qu'on s'en aperçoive et qu'on le retire de là, et je ne sais pas pourquoi je raconte tout ça, puisque, ce jour-là, aucun arbre mort n'empêcha l'auto bleue de Lucien d'avancer dans le chemin.

Le chemin finissait en impasse, une impasse en forme de ciel de marelle, un ciel maladroit dessiné à la craie par une petite fille sur le trottoir, un ciel à peu près deux fois plus grand que la terre, le jeu consistant à atteindre le ciel à cloche-pied, en poussant un palet, et retour sur terre en passant par les jours de la semaine, ou les douze mois de l'année, j'ai oublié, en tout cas par des cases formant une double croix du genre Lorraine. Bref, ce ciel, une très jolie clairière avec un petit étang, c'était le coin de Lucien. Un coin tranquille. J'ai trouvé un coin tranquille, me dit-il un jour très lointain.

Rebecca Lodge ne changea rien à son attitude. Elle aurait pu protester, dire par exemple : Mais enfin, qu'est-ce que vous faites ? Pourquoi vous engagez-vous dans ce chemin ? Puis, plus loin : Pourquoi vous arrêtez-vous ? Non, rien de tout ça. S'il faut passer par là, se disait-elle, passons par là. Ça n'avait pour elle aucune importance. Ça en avait si peu. Il était si voyant que ça n'en avait pas. Vous voulez faire ça, eh bien faisons ça, inutile d'être menaçant. Lucien aurait dû le comprendre. Au lieu de faire le malin. Au lieu de se croire obligé de :

A peine arrivés dans l'impasse, dans la clairière, près du petit étang, à peine descendus de voiture, Lucien jugea utile et peut-être spectaculaire de sortir son cran d'arrêt. Il avait toujours dans sa poche de pantalon un couteau à cran d'arrêt. Il la menaça avec ça. Rebecca Lodge esquissa un sourire décisif, l'air de dire : Cette peine, ne vous la donnez pas. Evidemment, Lucien, qui ne comprenait rien, pensa qu'elle se payait sa tête. Il la fit asseoir sur la souche. Je ne vais pas entrer dans un tas de détails dégoûtants, disons simplement que Lucien fut pris, c'est évident, à son propre piège, je veux dire au piège de sa jouissance. Il en oublia le couteau qu'il avait dans la main. Rebecca Lodge ne l'oublia pas. Elle le lui confisqua et fit en sorte qu'il ne puisse plus jamais abuser d'une femme. Voilà.

Elle envisageait même de se faire tuer. Elle
se disait en regardant le cran d'arrêt : Mon
grand capitaine a été tué par une crapule. Je
vais moi aussi être tuée par une crapule. C'est
bien et c'est juste. On ne peut pas rêver mieux.
On sera de nouveau tous les deux. Comme si
la puissance du langage était une puissance suf-
fisante. Mais pourquoi pas ? Après tout, pourquoi pas ? Que faisons-nous d'autre, nous
autres, vous et moi, vous qui me lisez pendant
que moi j'écris tout ça, sinon croire que ça suf-
fira ?

La question me laissa en panne. Je rêvassais
en attendant. L'amour le plus grand, me disais-
je, est fait de la plus longue absence, de la plus
longue attente par conséquent. Et si donc notre

amour est mort, notre attente dure jusqu'à notre mort. Je pensais à elle qui pensait à lui, son capitaine. J'imaginais ce qu'elle voyait, ce que l'absence, l'attente lui montrait. L'avant d'un navire, une coque grise, une étrave aiguisée comme les mains jointes d'une nageuse, le soc d'une charrue surannée fendre et plonger dans l'eau grise, verte, d'une mer méchante, ce gris vert si beau par mauvais temps, cette beauté que tout le monde connaît, tout le monde a vu ce que ça donne quand par moments des aiguilles de soleil se mettent à suturer les plaies du ciel et les plaies de la mer au point de les confondre, on ne sait plus à quoi on a affaire, on pense à une mer double, à un ciel double, un miroir terrestre, un miroir céleste, à une mer qui se mire dans un ciel qui se mire dans la mer.

Le seul détail dégoûtant qui me fit douter de sa santé mentale, je parle de la santé mentale de Rebecca Lodge, celle de Lucien ne fait aucun doute, il était fou, un fou dangereux. Juste un petit exemple, risible celui-là, à condition d'avoir envie de rire, moi j'ai envie, j'ai assez pleuré comme ça, à peu près toute ma vie :

Quand je suis allé voir la mère de Lucien le

soir disons du drame, j'en ai profité pour lui demander quelques affaires, pyjama rayé, trousse de toilette, rasoir, enfin bref, tout ce dont un malade a besoin à l'hôpital. Je vais vous donner ça, me dit-elle. Je rappelle que la mère de Lucien était une vieille dame à moitié impotente. Non, non, lui dis-je, ne vous dérangez pas, je sais où est sa chambre. Et là-dessus je me dirige vers la chambre de Lucien.

Il n'y avait plus de chambre. La chambre de Lucien n'existait plus. La pièce existait toujours mais plus du tout à l'état de chambre. Lucien avait transféré son sommeil dans la chambre de sa mère. Je croyais avoir tout vu. Je savais que ces choses-là existaient. Je pouvais même les imaginer. Bref, quand j'ai raconté ça à Suzanne, je n'ai pas pu m'empêcher de rire, les nerfs sans doute.

Le seul détail dégoûtant qui me fit douter de sa santé mentale, je parle de la santé mentale de Rebecca Lodge, mais pourquoi douterais-je de la santé mentale d'une femme qui a perdu l'homme qu'elle aimait et est en train de subir ce qu'il faut bien appeler un viol aggravé d'une menace de mort ?

51

C'est ma faute, j'en conviens, je n'aurais pas dû lui poser la question, mais la question comme une garce s'est échappée de ma bouche sans que j'aie le temps de lui recommander la plus extrême prudence. Et puis, inquiet comme je l'étais, comme tout être humain, de mon intégrité physique mais n'y connaissant rien, je suis biologiste, pas chirurgien, je me disais que peut-être il eût été possible de procéder à une sorte d'auto-greffe, je veux dire une espèce de raccommodage, un rafistolage.

Et les organes de Lucien, lui dis-je, qu'en avez-vous fait ? Réponse de Rebecca Lodge : Je les ai jetés dans l'étang. Voilà, c'est tout. Je n'y reviendrai plus. Quand j'y pense j'ai peur de m'évanouir et de m'apercevoir en me réveillant que je suis de nouveau bègue.

A propos, Suzanne et moi, depuis que je reparle, on s'est pas mal disputés, mais ça n'a pas duré. J'ai hâte d'en arriver à l'épisode de Copenhague. C'est plus gai. Non pas que tout ça soit triste, mais quand même, Copenhague, c'est plus gai, en tout cas mon séjour à Copenhague, parce que, l'épisode dit du retour de Copenhague, ce fut de nouveau triste.

Pourquoi ? me demanda Suzanne. Pourquoi es-tu si triste ? me demanda Suzanne déjà très énervée que je sois parti pour Copenhague à cause de cette histoire. Je ne pouvais pas lui répondre. Je ne pouvais pas lui dire pourquoi j'étais si triste. J'étais parti chercher Rebecca Lodge pour le compte de Lucien. Mais quand je suis arrivé là-bas, et surtout quand j'ai connu cette Rebecca, je me suis mis à rouler pour moi, presque plus pour Lucien et puis finalement plus du tout. Alors évidemment, quand je suis rentré, j'ai dû prendre sur moi, me fouiller pour donner le change, et pour Lucien et pour Suzanne, pour Lucien parce qu'il était fou de cette femme, fou de mémoire et parce qu'au monde il n'avait plus rien, et pour Suzanne parce qu'elle n'avait plus que moi, enfin voilà.

8.

Si ça se trouve, quand j'ai conduit Lucien à l'hôpital, je suis passé sous les fenêtres de Rebecca Lodge, les fenêtres de son hôtel, de la chambre où elle avait choisi de passer la nuit avant de repartir pour son pays, si ça se trouve.

A moins qu'elle n'ait changé d'avis. Oui, à moins. A moins qu'elle n'ait décidé de se rendre quand même chez ses beaux-parents. Oui, en dépit. Mais bon. Inutile de faire semblant de supposer puisqu'on le sait. Elle n'est pas allée dans sa belle-famille. Elle se sentait parfaitement capable d'affronter leur élégante gentillesse et de vivre avec eux quelques jours dans le souvenir de son bel officier en évitant de regarder la mer, quitte à l'écouter la nuit aller et venir, soupirer comme une âme en peine, mais elle redoutait plus que tout qu'une incontrôlable crise de nerfs ne gâche tout, notamment quand immanquablement sa belle-mère se mettrait à pleurer, sans trop savoir à ce moment-là pourquoi, sans doute pour les deux raisons à la fois : l'amour de mon grand fils s'en va et mon amour de fils ne revient pas. Le chagrin du père étant plus insupportable encore, parce que muet. J'ai lu quelque part cette définition de la tristesse : La vraie tristesse, disait celui qui l'a écrite, c'est quand on n'a plus rien à dire, ou plus rien à ajouter, quand on a épuisé, disait-il, toutes ses ressources de langage, pour faire entendre, quelque chose, à quelqu'un, qui n'entend rien.

De la fenêtre de sa chambre d'hôtel, elle pouvait voir, sur le trottoir, devant un jardin composé sur terre de fleurs de toutes les couleurs et dans les airs d'un vieux cèdre tout noir, une cabine téléphonique à petits carreaux et en bois, toute rouge dans le vieux style anglais, et cela lui rappela un long séjour à Londres avec son capitaine. L'anecdote n'a aucun intérêt mais tout ce qui venait d'elle me ravissait : Kerguélen prétendait que les officiers de marine anglais étaient plus élégants que les français.

Bref, comme vous le voyez, mesdames et messieurs les jurés, nous étions loin, Rebecca Lodge et moi, de nous soucier du désespoir d'un vieux garçon nommé Lucien. Je me demandais s'il allait survivre à sa mère. Il décida de continuer à vivre encore un petit moment. On ne renonce pas si facilement à cette sale habitude. Il survécut à sa vieille mère et il réintégra sa chambre. Je l'ai aidé à se réinsérer.

Emporté par ma dérision, ma méchanceté, j'ai pu laisser entendre qu'il dormait avec sa mère. C'était une calomnie. Il partageait seulement sa chambre. Il avait poussé son petit lit près du grand sien où jadis dormait aussi un père, afin d'être près d'elle en cas de besoin. Ne plus courir depuis sa chambre à lui pour secourir sa mère quand en pleine nuit elle le réveillait par ses cris, épouvantée par un orage, les cheveux trempés par l'averse.

Elle rêvait souvent que la foudre tombait sur l'arbre du parc. La foudre était bel et bien tombée sur l'arbre du parc. Elle ne rêvait donc pas, si rêver c'est inventer ce qui n'existe pas, si rêver c'est reproduire ce qui vous fait plaisir, ou alors c'est que le plaisir n'est pas ce que l'on croit, en tout cas elle revoyait l'orage de cette nuit-là. Alors, je ne voudrais pas trop insister, mais, quand le destin a foudroyé son fils Lucien, comme si enfin son rêve se réalisait, elle s'est laissée mourir. Evidemment, il ne fut pas possible de lui cacher la vérité. Elle me harcelait. Elle voulait savoir. Mon silence la mettait en rage.

Tous les jours en sortant de l'hôpital, je passais la voir pour la rassurer. Elle ne croyait pas un mot de l'histoire que je lui servais. Elle a voulu savoir. Elle a su. J'ai parlé et c'est ma parole qui l'a tuée. Je ne me plains pas mais quand même, c'est dur. Non, je n'ai pas à me plaindre. Je sais aujourd'hui que sans ma haine, sans la haine que je concevais pour Lucien, je n'aurais pas parlé. C'est la haine qui m'a fait parler. Si pour Lucien j'avais eu de l'amitié, ce qui s'appelle de l'amitié, je n'aurais pas parlé. Quand on aime quelqu'un on est capable d'inventer une histoire qui se tient.

Je dis ça parce que, quand je suis rentré de Copenhague, j'étais si triste, Suzanne me demandait pourquoi et moi je n'étais pas capable d'inventer un mensonge cohérent, je veux dire un mensonge protecteur, qui l'eût protégée elle et du même coup qui m'eût protégé moi, un beau mensonge, beau comme la vérité, qui nous eût protégés elle et moi. Enfin voilà.

9.

Ah, laissez-moi rire, me répondit Rebecca Lodge sur un ton de colère, de maîtrise doublée de mépris, une petite colère tamisée d'ironie, tapissée d'aiguilles bien polies, quand enfin je me décidai à lui parler de Lucien.

C'est bien fait pour moi. J'ai eu tort de lui en parler. Je n'étais pas obligé. J'aurais très bien pu me taire. Le hasard m'avait donné l'occasion de la rencontrer. Je n'avais donc pas besoin de lui dire pourquoi j'étais à Copenhague. Qui j'étais, oui, je pouvais le lui dire, mais pourquoi j'étais là, non, ça n'était pas nécessaire. Enfin bon, de toute façon je ne pouvais pas lui parler, je n'osais pas, et je ne voulais pas, c'est surtout ça. Pendant longtemps je n'ai pas pu, pas osé, pas voulu. Et puis un jour il a bien fallu. Il fallait que je pense au retour, à Suzanne, à Lucien, je ne pouvais pas les abandonner. Il fallait que je parle. Ç'a été dur. J'ai eu d'autant plus de mal qu'entre-temps j'étais devenu un peu fou d'elle.

Suzanne, c'est très clair, elle n'avait plus confiance en moi. Quand je suis parti pour Copenhague, elle a pris sur elle, alors que, je le sentais bien, je le voyais bien, elle avait envie de pleurer, peut-être même envie de crier, mais elle a pris sur elle et elle m'a dit, avec un calme, une force dramatique, une tenue qui m'a beaucoup impressionné, dont seules peut-être les femmes sont capables : Tu ne reviendras pas, n'est-ce pas ? Je me trompe ?

Avec Lucien aussi c'était très clair. Il me faisait entièrement confiance. Personne jamais ne m'avait fait confiance comme ça. Il faut dire que les hommes dans son cas sont très rares. Raison de plus pour ne pas les trahir.

Quand je suis parti, il m'a serré la main en me regardant avec un drôle d'air. Il me regardait d'une certaine manière. On ne peut pas trahir un regard comme celui-là. Le regard de ce qu'on appelle généralement la dernière chance. Ça n'a pas plus de sens que ça mais c'est comme ça, on y croit, on se fait avoir, ça a toujours été comme ça et ce sera toujours comme ça : on croit ce qu'un regard nous dit, on le croit d'autant plus volontiers qu'il est muet, alors on lui fait dire absolument n'importe quoi, et moi, ma volonté, mon désir, était de lui faire dire : Tu es ma dernière chance, et ma vanité d'en être chargé. Autrement dit : Prends soin de mon espoir, au revoir.

Au revoir Lucien. Au revoir Suzanne. Au revoir qui encore ? Au revoir moi. Je disais au revoir à ce que j'étais pour eux. J'avais envie de me voir dans un autre regard. D'y découvrir quelque chose d'autre, quelqu'un d'autre, du nouveau, si possible. Tu parles. J'étais juste impatient et curieux, de voir quel effet produirait ma bobine sur une femme comme Rebecca Lodge.

Elle est sortie de France sans être inquiétée. Son unique mais immense contrariété, tandis qu'elle s'envolait pour Copenhague sous les yeux d'un sale type assis dans la rangée d'à côté et qui n'arrêtait pas de la regarder avec des grands yeux ronds bizarres, probablement drogué comme un chien dans un break, était de penser qu'il lui serait à présent difficile de revenir dans le pays de son bien-aimé, non par peur d'être arrêtée puisque nul ne pouvait la reconnaître, mais tout simplement parce que rien ne serait plus comme avant, j'allais dire comme toujours, puisque rien pour personne n'est jamais comme avant, mais j'oubliais l'amour, alors je réponds : Si, l'amour. Son amour.

Son amour se présenta à elle comme un amour d'avant, du bon vieux temps, comme on n'en fait plus, d'avant la misère mentale de nos jours. Elle n'y croyait pas, n'y avait jamais cru, elle n'y pensait même pas, et puis un jour le prince charmant qu'on croyait mort depuis longtemps s'est présenté à l'entrée du musée des beaux-arts, déguisé en musée de la marine. Je m'efforce de plaisanter mais c'est très important, pour moi. Si ça ne l'était pas, je n'écrirais pas.

L'apparition subtile du capitaine de Kerguélen était vêtue d'un uniforme dont on pouvait penser que ça n'existait plus, eh bien si, ça existait toujours, dans la vie de tous les jours. Si Kerguélen s'était présenté en simple tenue de ville, Rebecca Lodge ne l'aurait peut-être pas remarqué. Si, quand même. Comme tout le monde. Oui, sans doute. Sans doute aurait-elle été sensible à son élégance très élancée mais sans autre conséquence, elle était trop occupée. Alors quoi ? Le prestige de l'uniforme ? Oui, peut-être. Quelque chose comme ça. De l'ordre du leurre ? Oui, pourquoi pas ?

J'ai trouvé ça drôle, elle était soûle, quand elle m'a dit que Kerguélen lui était apparu, je cite : Comme une œuvre d'art. Tout ça se passait le soir d'un vernissage. Rebecca Lodge serait honorée de votre présence. A partir de dix-huit heures trente. Invitation valable pour deux personnes. Kerguélen se présenta seul. Il avait du temps à perdre.

10.

Perdre son temps, vivre, c'est pareil. Vraiment ? Oui, c'est la même chose, c'est une seule et même chose. Exemple : Quand on s'occupe agréablement, on oublie qu'on perd son temps mais on le perd quand même. Autre exemple : Il nous arrive de penser qu'on gagne du temps mais on le perd quand même. Dernier exemple : Le temps réel qu'on s'imagine saisir en le disant réel n'existe pas, et même s'il existait on le perdrait quand même.

Tu as vraiment du temps à perdre, me disait Suzanne au moment de mon départ pour Copenhague. Elle m'avait déjà dit ça à propos de Lucien dont je m'occupais trop, bien avant qu'il me demande d'aller pour lui à Copenhague. Et Rebecca Lodge m'a dit la même chose quand enfin je me décidai à lui parler de Lucien : Vous avez vraiment du temps à perdre.

Il faisait bon le perdre à Copenhague. Je ne supposais pas de plus agréable façon. Les gens parlaient une langue que je ne comprenais pas. Ça me changeait. Ça me reposait. Je suis fatigué de comprendre. Je dégustais ça comme de la musique. Les paroles sont toujours décevantes. Une musique certes rudimentaire, primitive mais quand même, de la musique. Je savais qu'ils parlaient avec ça, comme s'ils chantaient et ça me suffisait. L'eussé-je souhaité, j'eusse deviné ce qu'ils disaient. Tous les peuples se disent les mêmes choses. Ils se racontent les mêmes histoires. La mienne, la leur, c'est la même. A quoi bon nous traduire ?

L'imbécile heureux car amoureux que j'étais s'efforçait de traduire la pensée de Lucien pour une Rebecca Lodge qui elle pensait à autre chose. A quoi ? Je m'en moquais. Pour la première fois je me moquais de ce que pouvait penser une femme. Je me contentais de la regarder penser. Sa façon de penser faisait partie de sa beauté. Le fait même de penser l'embellissait par l'expression que la pensée donnait à son visage. Je n'étais pas jaloux de ce qu'elle regardait. Peut-être pensait-elle à ce qu'elle regardait. Peut-être regardait-elle pour voir ce à quoi ou à qui elle pensait. Je la découvrais. Je me contentais de la découvrir. Je me serais contenté de ne pas cesser.

Il y a des choses comme ça, qui ne cessent pas de se raconter, le soleil par exemple, la couleur des vêtements, les gens assis autour de nous, le goût de ce que l'on boit, tout étant vu, goûté, entendu comme pour la première fois, un temps que pour une fois on aimerait ne pas perdre, un temps qui se met à passer au moment même où on aimerait qu'il ne passe pas. Même pas. Il ne passait pas. Ça n'est qu'après, quand elle est partie après m'avoir dit : Je ne m'ennuie pas mais j'ai à faire, que j'ai pensé que ça avait passé, que ça s'était passé, et aujourd'hui je pense qu'il n'existe qu'un temps, le temps littéraire.

Tu as vraiment du temps à perdre, me disait Suzanne en me voyant inscrire des choses comme ça sur le papier. Elle ne se doutait pas qu'en écrivant je l'inscrivais elle aussi dans un temps saisissable.

Gardes ! Saisissez-vous de lui ! Ils se sont saisi de moi. Pour le crime que j'ai commis. Quel crime, nous verrons ça. Nous avons tout le temps de parler de ça. Je suis encore très loin d'avoir pensé à tout ce qui s'est passé. J'ai encore envie de me balader dans la mémoire, maintenant que j'ai le temps. Erreur. Rectification : maintenant que j'ai le temps signifie : maintenant que je suis immobile, ce n'est donc pas moi qui me balade dans la mémoire, c'est la mémoire qui se balade en moi. Elle a raison. Je suis pour elle un lieu de promenade comme Copenhague l'était pour moi.

Par hasard ou non, toutes les promenades dans une ville étrangère nous conduisent au musée. Ou, s'il s'en trouve plusieurs, devant la porte d'un musée. Je la reconduisais à la porte de son musée. Elle me quittait. Elle me disait : Bon, je ne m'ennuie pas mais j'ai à faire. Elle avait toujours quelque chose à faire. J'attendais qu'elle ait fini. Elle n'avait jamais fini. C'est sans doute à ça qu'elle pensait tout le temps. Elle pensait, simple hypothèse, à ça tout le temps pour ne pas penser à autre chose. Oui, peut-être. Non, je me trompais. Son travail la passionnait.

Et, à propos de passion, quand je me suis décidé à lui parler de Lucien, elle m'a gentiment envoyé promener, avec un air qui je crois signifiait : Vous feriez bien de faire comme moi, passionnez-vous pour autre chose. Alors j'ai eu envie de lui dire que mon désir était de me passionner pour elle mais je n'étais pas là pour ça.

Oublions Lucien, lui dis-je le lendemain. J'aimerais qu'on dîne ensemble. J'en ai assez de vos déjeuners précipités. Ce soir ? dit-elle. Je n'avais rien imaginé. Je n'y croyais même pas. Je lançais ça comme ça, au flanc. Ça tombe bien, me dit-elle, je suis libre. Elle n'ajouta pas : C'est un hasard, mais à l'entendre, à sa façon de dire : Ah bah écoutez ça tombe bien, j'ai bien senti que je bénéficiais d'un hasard, et que j'allais, sans aucun doute, remplacer quelqu'un au pied levé :

De brillantes carrières commencent comme ça, d'acteur, de comédien, de chanteur, non, pas d'écrivain, on ne remplace jamais quelqu'un, sauf peut-être dans le lit d'une femme, mais la mienne, de carrière, de dîneur, devait s'achever avant même d'avoir commencé. Car, si effectivement la chaise en face d'elle ce soir-là pour dîner était libre, l'autre chaise, assise au fond de son cœur, je dis ça pour les autres dîneurs, mes successeurs, était, comme la porte contre laquelle on se casse le nez, une porte avec un verrou en forme de sourire chromé : Occupée.

Ça me rappelle le jour où j'ai dû en attendant me balader dans les luxueuses toilettes de l'Opéra. Qu'est-ce qu'on jouait ce soir-là ? On s'en moque. Je vais quand même me répondre. Strauss et Beethoven. Les quatre derniers lieder de l'un et la troisième de l'autre.

Le titre, *Nuage rouge*, je ne l'ai pas inventé, c'est Lucien qui me l'a suggéré, pas directement, pas immédiatement, à l'époque des événements j'ignorais bien sûr que j'allais écrire ce livre, j'ignorais même que j'allais écrire, la suggestion dont il est question opéra bien plus tard.

Il me l'a suggéré après que moi je le lui ai suggéré sans aucune espèce d'intention. J'ai prononcé deux mots, juste deux mots : « Visage rouge », je ne les ai prononcés qu'une seule fois, alors que lui par la suite les a très souvent prononcés. Il pensait à elle. Il y pensait souvent, pour ne pas dire tout le temps, et, au bout d'un moment, immanquablement, il murmurait : « Visage rouge. »

Une seule fois, je les ai prononcés, ces deux

mots-là, une fois pour toutes, quand je lui ai raconté l'épisode de la route, mon croisement avec elle, dans sa voiture à lui : Tu l'as vue ? me dit-il. Oh, tu sais, lui dis-je, je n'ai pas vu grand-chose, je n'ai pas eu le temps, j'ai juste vu un visage rouge, et ça a dû le frapper, je suppose, car, à partir de ce jour-là, il ne cessa pas de ressasser ça.

Et chaque fois qu'il les murmurait, ces deux mots-là, « visage rouge », moi, c'était plus fort que moi, ça ne se commande pas, je pensais à « Nuage rouge », un grand chef indien, d'une grande tribu indienne, entre autres, je pensais à leurs guerres, je pensais qu'ils se massacraient bien avant que les Blancs ne s'en mêlent, alors, pour le distraire, j'ai fini par le lui dire, et par lui raconter que moi quand j'étais môme j'étais plutôt du côté des « tuniques bleues », et que, les lendemains de cinéma, j'organisais des charges de cavalerie dans la cour de l'école pendant que les filles sautaient à la corde.

Cette manie qu'on a de vouloir amuser les blessés. Ça vous retombe toujours sur le nez. J'avais dû voir ça dans un film de John Ford. Le petit lieutenant était salement touché. Alors le colonel lui racontait des blagues. Il lui parlait de sa fiancée. Elle arrive demain par la diligence. Si les Indiens la laissent passer. Ça va être encore un beau massacre. Ça y est, ça me revient : *Le massacre de Fort Apache.*

Ne me fais pas rire, me dit-il, ça me fait mal. Le rire tirait sur ses blessures. Rire le faisait horriblement souffrir. J'aurais dû le savoir. Non seulement il en souffrait mais il en avait honte. Il pensait, après ce qu'il avait fait, ne plus avoir le droit de rire. Après ce qu'il avait fait sur elle. Après ce qu'elle avait fait sur lui. Après ça, pensait-il, on ne peut plus se permettre de rire. C'est alors qu'il éprouva le besoin de me dire quelque chose.

Il faut que je te dise, me dit-il. Quoi ? lui dis-je. Maintenant je peux bien te le dire, me dit-il. Quoi ? lui dis-je. Suzanne, me dit-il. Quoi, Suzanne ? lui dis-je. Suzanne et moi, me dit-il. Eh bien quoi ? lui dis-je. Suzanne et moi on a, me dit-il. Il ajouta : Mais c'était avant que tu te maries avec elle.

Et boum. Enfin non, pas boum. Je n'en fus pas autrement surpris. Il s'était envoyé toutes les filles du canton. Alors pourquoi pas ma

72

Suzanne ? Elle n'était pas plus mal qu'une autre. Elle était même plutôt mieux. Bref, ça fait toujours plaisir. Je n'ai pas réagi sur le moment mais j'ai ressenti quelque chose comme le titillement cérébral d'une vengeance possible.

Aussi, quand je suis rentré de Copenhague, sans m'en rendre compte, je ne m'en rends compte qu'à présent, ne l'ai-je pas ménagé. J'aurais très bien pu me contenter de lui dire que Rebecca Lodge ne souhaitait pas le revoir, qu'elle était désolée, des choses comme ça, qu'elle était émue d'apprendre que Lucien se sentait si dramatiquement coupable, pour ne pas dire plus, coupable au point de s'en trouver totalement désespéré, des choses comme ça, la vérité, ou presque, qu'elle avait souvent pensé à lui par la suite, non, pas ça, et qu'elle comprenait le besoin immense qu'il avait d'obtenir son pardon, tu parles, sûrement pas, elle me confia même avoir elle-même éprouvé certain jour ce besoin de pardon mais passons.

Au lieu de ça, au lieu de lui dire ça, juste ça, je lui ai dit que j'étais amoureux d'elle, et ça n'a pas été sans conséquences, alors, pour me défendre, aggravant mon cas, j'ai jugé utile d'insister sur le caractère, disons noble, de mon amour, comparé au sien basé sur la torture. Après quoi, j'espérais le calmer, je pouvais toujours essayer, ça allait peut-être marcher, je lui ai dit qu'elle ne m'aimait pas, voilà.

Alors lui : Elle est incapable d'aimer. Rien que ça. Il m'invitait à partager cette vérité dernière, toute nouvelle, sous le prétexte tout frais que nous étions deux hommes qui aimions la même femme sans espoir. Il tombait mal. J'ai horreur de ça. Même dans le malheur, je ne partage pas. Je déteste ces mésalliances, ces lamentations entre garçons. J'aimais Rebecca Lodge. J'ai pris sa défense.

J'ai dit à Lucien : Détrompe-toi, tu ne la connais pas. Ah ! Seigneur ! Que n'avais-je pas dit là ! Sa douleur fut si grande. Il me supplia de parler d'elle. Alors moi, vous pensez, j'ai parlé, je ne demandais que ça, au risque de le rendre amoureux d'elle aussi noblement que moi, et forcément j'en suis arrivé à lui raconter ce que j'avais appris de cette passion que je jugeais si rare.

Vous croyez ça ? me dit-elle. Bien sûr que je le crois, et comment ! On avait très bien dîné

74

et surtout pas mal bu, surtout elle. Il faisait chaud dans ce restaurant. Elle était ivre. Moi aussi mais moins qu'elle. Elle me parlait de son capitaine. Elle parlait toute seule. A quelqu'un, sans doute, on parle toujours à quelqu'un, sans doute mais pas à moi. Elle ne me voyait même pas. Moi je voyais ses yeux, brillants, ses paupières battaient, lentement, apparemment pesantes. Je complétais, quand il le fallait, sa diction hésitante, et toujours sans me voir elle me remerciait pour les mots que je lui donnais, les mots qui lui manquaient. Je n'avais plus rien à faire à Copenhague.

Je n'allais tout de même pas rester pour lui réapprendre le français. Quoique. Je l'eusse volontiers fait, mais à la condition qu'elle m'aime, qu'elle finisse par m'aimer, autant que son bel officier, et ça, décidément, ça n'était pas possible. Non, encore une fois, je n'avais plus rien à faire à Copenhague.

12.

Heureusement Copenhague est un port. Le
capitaine de Kerguélen a pu y faire escale. Je
ne sais plus pour quelle raison. Elle m'en a
tellement raconté ce soir-là. Une avarie quelconque, hélice faussée, collision avec baleine,
dont on se demande ce qu'elle faisait là, sans
doute perdue, en panne de sonar, mais rassu-
rez-vous, la baleine n'a rien, ou un malade à
bord, un être humain, une crise grave, brutale,
qui nécessite une opération, une intervention,
un acte chirurgical. Bref, dans un cas comme
dans l'autre, il fallait réparer, faire escale. Et
puis se détendre un peu à terre. Voilà, bonne
idée, en profiter pour se détendre un peu à
terre :

L'officier français avait un ami, un collègue

à lui, un Danois qui s'ennuyait au ministère, alors il s'était dit : Tiens, puisque je suis là, je vais l'appeler, on verra bien. Je suis à Copenhague pour quelques heures, dit-il, alors j'ai pensé, que, peut-être. Oh oui, dit l'autre, j'ai rendez-vous avec le type de l'ambassade, tu sais le type de l'ambassade, je t'en avais parlé l'année dernière quand tu es venu à Copenhague, tu n'as qu'à venir avec nous.

Quand ça ? dit Kerguélen, maintenant ? Oui, oui, dit l'autre, tu passes me prendre et on y va. C'est que, dit Kerguélen, je n'avais pas prévu ça, je suis en uniforme. Aucune importance, dit l'autre, au contraire. Comment ça, au contraire, dit Kerguélen, c'est un bal costumé ? Non, non, dit l'autre, tu verras, je suis sûr que tu vas lui plaire. A qui ? dit Kerguélen. A la fille, dit l'autre. Quelle fille ? dit Kerguélen. La conservatrice du musée, dit l'autre, le type de l'ambassade veut nous la présenter, il paraît qu'elle est. Je suis un peu fatigué, dit Kerguélen, je t'appelais juste comme ça. Je comprends, dit l'autre, le ministère, la mer, c'est autrement plus fatigant : bon, écoute, prends quand même l'adresse, on ne sait jamais, si tu changeais d'avis dans la soirée.

Il changea d'avis, nous le savons. S'il n'avait pas changé d'avis, nous ne le saurions pas, seul son collègue danois, ami de ce, de ce fonctionnaire d'ambassade, le saurait, et encore, il aurait sûrement oublié. Il ne l'aurait même pas remarquée, l'absence du capitaine de Kerguélen, tant il était occupé à faire sa cour, le ministère et l'ambassade rivalisant d'esprit, chacun se donnant un mal de chien pour dégager ce qu'on pourrait appeler un charme spécifique, et tout ça vers dix-neuf heures trente sous les yeux d'une Rebecca Lodge comme d'habitude absente.

Bien plus tard, dans son lit, avant de s'endormir, il se serait souvenu de son ami, pas immédiatement, en trois temps. Il aurait d'abord pensé ceci : J'ai mes chances avec cette petite. Puis ceci : Je suis quand même mieux que ce fonctionnaire d'ambassade. Puis, comme s'il avait pensé : Toutefois j'en connais un qui est mieux que moi, il pensa : Tiens, au fait, Kerguélen n'était pas là, mais tant mieux, au fond, j'aime autant qu'il ne soit pas venu.

Il est venu, nous le savons. Son collègue danois aussi le sait. Il l'a su avant même d'apercevoir son collègue français. Sans le savoir encore, à cette minute même, il le savait déjà. Il le vit dans le regard de Rebecca Lodge. Dans ce regard, où depuis tout à l'heure il ne se passait rien, il était en train de se passer quelque chose. Le Danois se retourna, changea de couleur, puis s'écria : Ah, formidable, Pierre-Yves, tu es quand même venu ?

Eh oui, tu vois, dit Kerguélen. Il avait apporté son absence et son absence rencontra celle de Rebecca Lodge et cela se vit. Le Danois ne vit même que ça. L'ambassade aussi. Il faut dire que deux absences de cette qualité-là, au milieu d'une assemblée de prétendues présences, ça se voit.

Le Danois lui en a longtemps voulu, mais comme ils ne se voyaient qu'une fois par an, la mer a ses lenteurs, et encore, pas tous les ans, il n'eut guère l'occasion de faire semblant de ne pas lui en vouloir. Il cessa de lui en vouloir lorsqu'il apprit la mort de Kerguélen. Il adressa à Rebecca Lodge un petit mot très gentil. Son hypocrisie se voyait à peine. Il y disait sa peine.

Au lieu de lui retourner le compliment en lui adressant une carte-réponse-aux-condoléances, elle lui téléphona et on en resta là.

Non sans un dernier soupir probablement sincère : Si vous avez besoin de moi, je suis là. Elle n'avait besoin de personne. Elle n'avait jamais eu, d'ailleurs, besoin de qui que ce soit. Non, pas même de Kerguélen. Elle n'avait pas besoin de lui, ni lui d'elle. Il ne s'agissait pas de besoin entre eux. Il s'agissait de rencontre. De rencontrer un lieu dans le visage de l'autre. Un lieu de repos pour le regard. Leur absence à tous deux n'était qu'une errance des regards. Vous comprenez ? Non ? Alors pour illustrer je dirais que l'un des deux regards errait en mer tandis que l'autre errait dans l'art, ne riez pas, c'est exactement ça.

13.

Il faisait chaud dans ce restaurant. On avait
pas mal bu, surtout elle. Et plus elle m'en racontait sur son beau capitaine, plus elle insistait
devant l'ombre que j'étais pour elle, en face
d'elle, plus l'ombre que j'étais pensait que je
n'avais aucune chance avec elle, aucune chance
d'être vu ni aucune chance d'être entendu.
J'étais comme un naufragé dans la brume. La
brume dissimule tout. La brume assourdit tout.
Elle naviguait dans la louange, l'éloge. Je la
regardais s'égarer dans cette brume éclairée que
pour elle. Sa brume de rêve. Je la voyais qui
peu à peu disparaissait dans les vapeurs de son
alcool. Et tout ce qu'elle disait, ni à moi ni pour
moi, c'était comme si elle m'avait dit, dit et

redit : Mon pauvre ami, vous n'avez aucune chance.

Ma bêtise, au fond, mon heureuse bêtise malheureuse, aura été d'avoir été amoureux d'elle. Si je ne l'avais pas été, j'aurais sans doute été plus convaincant pour le service de mon ami Lucien. Lucien n'était pas mon ami, juste un laboratoire de haine. Je serais peut-être parvenu à dire ce qu'il fallait que je dise. Ça n'aurait rien changé mais au moins j'aurais essayé. J'aurais eu envie d'essayer. Je n'ai pas essayé.

J'ai quand même parlé pour lui. J'ai eu du mal. J'avais du mal à restituer ce qu'il m'avait dit. Il m'en avait trop dit. Il m'avait beaucoup trop parlé d'elle. Il m'avait convaincu mais je ne sais plus très bien comment. En vérité, je ne l'écoutais plus. Son état me touchait, c'est le moins que je puisse dire, son désespoir me semblait vrai mais je ne l'écoutais plus, ou plutôt si, je l'écoutais, mais je ne l'entendais plus. Il aurait dû faire ça lui-même. Il faut toujours faire ces choses-là soi-même. Et je le savais. Alors pourquoi l'ai-je fait pour lui ?

Il avait commencé à m'en parler vaguement. Il s'approchait mais prudemment. Il me testait.

Il tâtait le terrain. Il m'observait. Avec une lenteur de reptile, il me circonvenait. Toutes mes réactions, toutes mes réponses, il les analysait. Et puis un jour, tout bien pesé, il me sut disposé à l'entendre. Il avait fait ce qu'il fallait. Son désir était devenu le mien.

J'étais prêt, donc, mais, ce que je veux dire, c'est que, au moment des faits, il était rétabli, estropié pour la vie, certes, pour le reste de sa vie, mais rétabli, autrement dit parfaitement capable de marcher, de se déplacer, de voyager, alors pourquoi ne lui ai-je pas dit : Vas-y donc toi-même ?

Ça me rappelle ma mère. J'entends sa voix. J'avais quelque chose à lui demander. Je lui envoyais mon frère. Alors elle : Tu ne peux pas faire tes commissions toi-même ? Je me demande ce qui l'a achevé, Lucien, ma trahison involontaire ou la mort de sa mère. Sans doute les deux. D'abord sa mère et ensuite moi.

Qu'est-ce que je disais ? Je suis perdu. Ah oui, il a eu peur. Il m'a envoyé à sa place. Il a eu peur de même qu'il a eu peur à la fin de cette histoire et il m'a encore demandé de l'aider. Et moi j'ai encore accepté. Mais nous n'en sommes pas là. Je vous raconterai ça plus tard. Je suis encore très loin d'avoir pensé à tout ce qui s'est passé.

Tu veux que je te dise ? ai-je dit à Suzanne dès mon retour de Copenhague. Elle croyait que je ne reviendrais pas. Je suis quand même revenu : Tu veux que je te dise ? lui dis-je. Elle était dans la cuisine, occupée à faire je ne sais quoi, comme si je n'étais pas là. J'étais là. Elle m'avait entendu entrer. Elle se retourna et me regarda d'un air las, que je connaissais, dont je savais qu'il signifiait : Ce que tu as à me dire ne m'intéresse pas, mais dis-le quand même, puisque, de toute façon, que je le veuille ou non, tu me le diras, alors vas-y, je t'écoute.

Rien n'est plus décourageant. Je ne perdis pas courage. Tu as devant toi, lui dis-je, bien qu'elle fût de nouveau penchée sur son fourneau, par conséquent me tournant le dos, un fieffé salaud. Elle ne songea pas à me contredire. Elle pensait que j'étais quelque chose comme ça. Elle n'eût pas su me définir, ou plutôt pas voulu, la parlotte n'était pas son fort, elle détestait parler pour ne rien dire, mais elle

comprenait ce que je voulais dire. Je ne l'ai pas
appelée une seule fois de là-bas. Même pas pour
lui dire que j'étais arrivé. Je l'ai laissée sans
nouvelles. Si mon avion était tombé, elle l'aurait
appris par la télé. Un numéro vert et ses yeux
pour pleurer. Ce qui m'est arrivé est bien pire.
Je ne pouvais pas le lui dire.

Alors, tu l'as vue ? me demanda Lucien sans
me laisser le temps d'ôter mon manteau. Ah,
comme j'aurais aimé lui apporter la bonne nouvelle et la lui énoncer sans même prendre le
temps de me mettre à l'aise : Elle te pardonne,
elle t'aime, elle vient, elle arrive demain, sois
heureux, fais-toi beau, lave-toi les cheveux. Ou
alors la lui énoncer tout en ôtant mon lourd
manteau, avec une sorte de sourire taquin, pro-
metteur d'un grand bonheur, pas pressé de s'en
débarrasser, je vais peut-être le garder, et lui,
suspendu à mes gestes, et moi, dans mon dés-
habillage décomposé, de la façon suivante : je
commence à parler, je m'interromps pour me
déboutonner, je respire fort, je suis ému, j'ai
couru, j'ai chaud, je demande un verre d'eau,
je parle de nouveau, je fais semblant de
m'embrouiller dans les faits, non, ça, c'était

après, non, attends, plutôt avant, je me tais, je dégage une épaule, je parle, je me tais, je dégage l'autre épaule, je reparle et je jette mon manteau sur le fauteuil de gauche.

Il y avait deux fauteuils identiques dans la chambre de Lucien, très élégants et recouverts de velours vert, pomme à l'origine mais qui avec le temps, la nicotine aidant, avait viré au bronze, un joli bronze aux reflets mordorés, et mon manteau jeté là-dessus fut du meilleur effet, un beau et lourd manteau de marque anglaise et sa couleur était : chocolat, et pendant ce temps-là mon Lucien se décomposait.

Lui aussi, je l'avais laissé sans nouvelles. Si j'avais pu, si les choses pour moi avaient bien tourné, mais les choses pour moi n'ont jamais bien tourné, on a de la chance ou on n'en a pas, c'est comme ça, j'aurais laissé pour l'éternité le monde entier sans nouvelles. J'arrive toujours trop tard. La place était prise. Et ça a toujours été comme ça. Quelqu'un toujours est passé avant moi. Et, quoi que je fasse, ce sera toujours comme ça. Alors je suis allé me faire voir ailleurs. Me refaire voir ailleurs. Là où on m'a toujours vu. Chez moi. La différence était que mon désir cette fois était de me montrer tel que j'étais.

Il me regarda bien en face et vit tout de suite que je l'avais trahi, en tout cas moi je vis tout de suite qu'il avait compris, aussi je ne fus pas étonné de l'entendre me dire : Tu es vraiment un beau salaud. Je pris mon temps pour lui répondre. J'en avais assez. J'étais fatigué. J'avais de la peine. Ce qu'il pensait ne m'intéressait pas. Son opinion sur moi. Pas si salaud que ça, lui dis-je. Si j'étais un salaud, je ne serais pas là, je serais d'abord passé chez moi. Il devait y faire froid. Plus froid qu'à Copenhague.

14.

Pourquoi le père Prouteau s'est-il soudain décidé à parler, je n'en sais rien. Ce qui est sûr, est-ce un mal, est-ce un bien, c'est que, sans lui, sans son témoignage inexplicablement tardif mais spontané, on n'aurait jamais retrouvé Rebecca Lodge.

Drôle d'oiseau, le père Prouteau. Pour les photographier, les oiseaux, il faut énormément de patience, plus encore que pour les tuer. Pour les immortaliser, on peut toujours les naturaliser, ou les décrire sur le papier, les dessiner, oui, mais lui, Gustave Prouteau, il s'appelait Gustave, c'étaient les photos, une manière comme une autre de perdre son temps.

Ce soir-là, il le perdait comme tous les soirs entre vingt heures et vingt heures quarante, il dînait en regardant le JT, le journal télévisé.

Il s'arrêta brusquement de mâcher ses pâtes au poisson, une délicieuse recette avec des crevettes et une sauce langoustine. Sa femme lui demanda ce qu'il avait. Il en avait peut-être assez. Elle lui en avait peut-être servi trop. Il n'en pouvait peut-être plus de sa cuisine.

C'est elle, dit-il en se tamponnant à deux mains les lèvres avec sa serviette de table, une immense serviette blanche aux initiales « BP » brodées de fil rouge, « BP » comme Bérangère Prouteau, la propre mère de Gustave. Elle leur avait confié toutes ces vieilleries, douze serviettes, deux nappes, six paires de draps, tous également brodés quand ils se marièrent. A la mort de la vieille, ils en héritèrent, biens et propriétés.

La maison était la plus originale de la région. Pas du tout dans le style vendéen. Elle n'avait rien d'une ferme. Les dépendances, si, mais la maison elle-même, non. Son allure en élévation, cette structure à deux étages, les murs de briques lie-de-vin qui répandaient dans toute la cour une lumière lugubre, faisaient plutôt penser à je ne sais quelle tristesse minière, et la salle à manger, la grande salle à manger se trouvait au rez-de-chaussée. Nous y sommes. Reprenons la conversation.

Je suis sûr que c'est elle, dit-il. Qui ça ? lui demanda sa femme. Bah elle, dit-il, elle, dit-il en montrant du doigt l'écran, cette Rebecca je ne sais comment, dit-il en déchiffrant le nom qui s'inscrivait en bas de l'écran, c'est elle, dit-il, cette conservatrice, adjointe ou je ne sais quoi, je n'ai pas eu le temps de lire, ou commissaire de l'exposition, un truc comme ça, enfin bref, tu ne te souviens pas ? De quoi ? lui demanda sa femme, de quoi devrais-je me souvenir, tu t'intéresses à l'art maintenant ? Pas du tout, dit Gustave, la question n'est pas là, je te dis que c'est elle. Alors sa femme : Mais enfin de qui tu parles ?

Le fils de la mère Navara, dit-il, Lucien, je crois, oui, c'est ça, Lucien, Lucien le fils de la mère Navara, tu t'en souviens ? Oui, enfin non, pas très bien, répondit sa femme. Pourtant, ça avait fait du bruit, dans le patelin, dit Gustave. Comment ? dit sa femme, qu'est-ce que tu dis ? Baisse la télé ! Je n'entends rien !

Gustave se leva de table et baissa le son de la télévision. La télécommande était restée avec le programme ouvert à la page du soir sur le bras du fauteuil club en cuir gris clair, plus précisément sur l'un des deux carrés de dentelle faits main qui protégeaient les bras du fauteuil, un troisième de plus grande taille recevait la nuque, le sommeil de Gustave, sa femme préférait la grande chaise à bascule, le coussin plat et les pompons.

Il revint s'asseoir à table en disant : Qu'est-ce que tu disais ? Moi, rien, dit sa femme, c'est toi qui parlais. Ah bon ? dit Gustave, et de quoi, s'il te plaît ? Tu me parlais du fils de la mère Navara, tu ne t'en souviens pas ? Mais si, mais si, je m'en souviens, je ne suis pas complètement gaga, dit Gustave. Bon alors continue, dit madame Prouteau, dis ce que tu as à dire, qu'on en finisse.

Ce que j'ai à dire, dit Gustave, c'est simple. Alors dis-le, dit madame Prouteau. Elle l'énervait. Alors lui : J'ai à dire, j'ai à dire, que la fille qui a estropié le fils de la mère Navara, bien fait pour sa gueule, à cette vieille taupe, je n'oublierai jamais les ennuis qu'elle m'a fait, tu te souviens, à cause du terrain, la salope, eh bien c'est la femme de la télé. Madame Prou-

teau se tourna vers le poste. Miss Météo continuait seule à parler des nuages, muette pour
les sourds, sans traduction gestuelle mais la
carte était claire, on sait lire, on n'a pas besoin
de vous, miss Météo :

Pas celle-là, dit Gustave, l'autre, celle qu'on
a vue tout à l'heure. Alors elle : Comment tu
le sais ? Comment tu peux savoir ça, toi ? Il
haussa les épaules et de nouveau se leva de
table.

15.

Quand il m'a téléphoné, j'étais en train de dîner avec Suzanne. Nous mangions des pâtes au saumon, une délicieuse recette composée d'une sauce langoustine avec des crevettes et c'était bon, on a beau dire du mal des surgelés. Je me suis levé de table en disant à Suzanne : Ne bouge pas, je vais répondre. Elle n'avait pas l'intention de bouger. Je le savais, je la connais, mais j'ai quand même dit, par pure courtoisie : Ne bouge pas, je vais répondre.

Je vous téléphone à vous, me dit-il, plutôt qu'à votre ami Lucien, parce que votre ami Lucien, ça risque de lui faire un choc. Le mot « choc » me rappela la double théorie du choc. J'étais en quelque sorte déjà sur la voie. Il

enchaîna sans me laisser le temps d'appro-
fondir :

Vous avez regardé le journal ? Oui, dis-je,
comme tout le monde. La deux ? Oui, dis-je, je
préfère la présentatrice de la deux. Vous avez
suivi à la fin la page culturelle ? Oui, dis-je, ça
m'a l'air bien. Vous avez vu cette histoire
d'exposition ? Oui, dis-je, ça m'a l'air très bien,
si j'en juge par les reproductions, je veux dire
les images couleur format télé, enfin bref, oui,
oui, j'ai vu. Vous avez vu cette femme conservatrice ou commissaire de je ne sais quoi, je
suppose de l'exposition ? Oui, dis-je, je l'ai vue,
elle m'a l'air très bien, elle parlait très bien de
son peintre, et en français, s'il vous plaît. Et
vous avez vu comment elle s'appelle ? Non, dis-
je, je n'ai pas fait attention, pourquoi, vous la
connaissez, suis-je censé la connaître ? Vous,
non, me dit-il, mais votre ami, pas qu'un peu.
Moi : Que voulez-vous dire ? Lui : Je veux dire
que, cette femme, c'est son agresseuse, enfin, si
ça se dit : ça se dit, ça, une agresseuse ? Peu
importe si ça se dit, lui dis-je, on s'en fout,
expliquez-vous.

Il m'expliqua. J'étais si stupéfait, si ceci, si

94

cela, je n'ai même pas pensé à l'incendier, je veux dire à sévèrement lui reprocher de n'avoir pas parlé plus tôt, mais ça n'avait aucune importance. S'il avait parlé au moment des faits, ça n'aurait rien changé. Comme je l'ai dit plus haut, Lucien lui-même refusait de parler. Il ne voulait pas qu'on la poursuive, qu'on la cherche, il refusa même de porter plainte.

Je raccrochai puis je revins à table. Qui c'était ? me demanda Suzanne. Le père Prouteau, lui dis-je. Connais pas, me dit-elle. Mais si, tu le connais, lui dis-je, tout le monde le connaît, c'est ce vieux timbré qui vit tout seul avec sa femme dans cette baraque sinistre sur la route des Mauxfaits. Ah oui, je vois, dit-elle, et alors ? Qu'est-ce qu'il voulait ? Il a retrouvé la femme qui a estropié Lucien, lui dis-je. Ah bon ? dit-elle. Parce qu'il la cherchait ? C'est elle qui me cherchait. Oui, enfin non, je t'expliquerai, lui dis-je. Et de nouveau me levai de table. Ça va être froid, me lança-t-elle dans le dos comme un coup de fouet, sur un ton que je connaissais, dont je savais qu'il signifiait : Ça sert à quoi que je me crève à faire à bouffer ?

Elle exagère un peu, pensai-je, parce que quand même, les surgelés, c'est vite fait, j'en sais quelque chose, c'était souvent moi qui le faisais. Je ne répondis pas puis me dirigeai vers le téléphone.

Allô, répondit Lucien. C'est moi, lui dis-je. Salut, dit-il. Alors moi : Tu as dîné ? Non, dit-il. Tu as regardé la télévision ? Non, dit-il. Pas même le journal ? Non, dit-il, tu sais très bien que je ne regarde jamais la télévision. Qu'est-ce que tu faisais ? Je lisais, dit-il. Tu lisais quoi ? *Bleak House*, dit-il. Un roman policier ? Non, dit-il, un roman de Dickens, enfin bon, bref, pour répondre à ta question, non, je ne regardais pas la télévision, pourquoi, pourquoi tu me demandes ça ?

Je lui devais une réponse dans la seconde, qui allait suivre. Je devais décider d'une réponse dans la seconde, qui s'écoulait. J'ignore pourquoi j'ai hésité mais j'hésitai.

J'avais le choix entre deux réponses. L'une ne lui ferait aucun bien tandis que l'autre pouvait lui faire du bien, peut-être, je n'en étais pas certain. Je voulais son bien. Rien n'est plus suspect, je sais, mais lui ne voulait rien, et surtout pas son bien. Il dépérissait. Je le voyais tous les jours. Suzanne n'en pouvait plus.

Mauvaise comme une hyène, elle me disait : S'il lit, c'est qu'il va mieux, tu vas pouvoir espacer tes visites. Il n'allait pas mieux. Lire ne prouve pas qu'on va mieux. Moi, par exemple, je lis quand je vais très mal. Il allait très mal. De plus en plus mal. Il était sur une pente, la fameuse pente, je n'insiste pas mais chacun sait que cette pente-là on ne la remonte jamais.

Bref, pour le distraire, au moins pour le distraire, j'aurais pu lui répondre ceci : Je te demande ça parce que tout à l'heure, j'ai vu à la télévision, au journal, qu'une très belle exposition, d'un très beau peintre danois, arrivait en France, à Paris, bien sûr, pas à La Roche-sur-Yon, et j'imagine que ma plaisanterie l'aurait fait rire, et, en ricanant, il aurait certainement dit, lui aussi : Tu t'intéresses à l'art maintenant ? En se moquant de moi mais peu importe puisque je n'ai pas répondu ça.

Je lui ai quand même parlé de l'exposition, bah oui, il fallait bien que j'introduise ma bonne nouvelle, ce que je pensais être une bonne nouvelle, enfin quelque chose qui allait lui faire du bien, peut-être, je n'en étais pas certain. Et puis ensuite je lui ai dit que la jeune femme danoise, qui tout à l'heure présentait ladite exposition, à la télévision, avait été formellement identifiée comme étant la jeune femme qu'il avait violée.

Sa voix changea brutalement, je veux dire qu'elle se para d'une grande brutalité. Identifiée par qui ? me dit-il. Je me sentis soudain gêné, pas sérieux, peu crédible. Par le père Prouteau, lui dis-je. Alors là, franchement, il éclata de rire. Tu te fous de ma gueule ? hurla-t-il dans le téléphone. Non, lui dis-je, c'est la vérité, il m'a tout raconté. En conséquence, si tu es d'accord, je suggère qu'on aille le voir.

16.

Lucien ne conduisait plus. Nous sommes partis dans ma voiture. Il me reprocha de n'avoir toujours pas changé de voiture. Je lui fis observer que ma situation ne me le permettait pas. Il me reprocha de ne pas m'être suffisamment battu pour sauver mon laboratoire. Je lui répondis qu'avec mon bégaiement il n'était pas facile de dire et encore moins de contredire. Tu aurais dû l'écrire, me dit-il. A l'évidence il me cherchait. Et moi, quand on me cherche, on ne me trouve jamais. C'est ce que je fais, lui dis-je. Ah oui, dit-il, j'oubliais, tu écris. Tu comptes m'utiliser dans ton roman ? Possible, dis-je. Je ne veux pas, dit-il. Alors moi : Tu n'as rien à vouloir, lui dis-je, et puis nous n'en sommes pas là, nous sommes attendus par le père

Prouteau et ce qu'il a à nous dire est infiniment plus important pour toi. Il ne répondit pas. La dispute était finie. D'ailleurs, nous arrivions.

Il fallait franchir une espèce de portail à l'anglaise, puis rouler dans le chemin sous les arbres, jusqu'au terre-plein gravillonné qui s'étalait en hémicycle devant un perron double.

Nous n'eûmes pas besoin de sonner, la voiture s'en chargea, mon pot d'échappement était un peu percé. Je coupai le contact et simultanément une porte vitrée s'ouvrit sur le perron. La coïncidence m'intrigua. Je me demandai alors si le fait d'ouvrir ma portière allait faire apparaître le père Prouteau. Je l'ouvris, il apparut. Un léger trouble me gagna. Je descendis de voiture et je fis contre moi-même le pari qu'il emprunterait l'escalier de gauche pour nous rejoindre et bientôt nous accueillir. Je perdis mon pari. Ainsi vérifiai-je que la vérité est la vérité jusqu'à preuve du contraire. Je laissai quand même filer l'idée de la concordance des faits. Je la laissai un peu mûrir. Puis ma formation scientifique reprit le dessus. Je rayai le mot « vérité » et le remplaçai par le mot « exactitude », dans ma tête, bien sûr, et comme il me

fallait d'urgence une conclusion, je hasardai :
La vérité, au contraire de l'exactitude, ne laisse
pas d'être vérifiée. Pas mal, pensai-je. La for-
mule me plut. En toute rigueur, je n'en étais
pas spécialement content mais elle me plaisait.
J'eus alors envie de me dire que peut-être la
vérité ne consistait que dans le plaisir, encore
fallait-il s'entendre sur le sens du mot « plaisir », mais il n'était plus temps, le père Prouteau
avait terminé sa descente. J'avançai, la main tendue. Lucien me suivit.

Nous n'avions pas prévu que madame Prouteau se joindrait à nous. Lucien s'en trouva
positivement gêné. Elle n'arrêtait pas de
l'observer. Elle promenait ses regards toujours
dans la même zone. Comment faites-vous pour
faire, enfin, je veux dire, et autres questions du
même style, ça la tracassait, je comprends ça.

Avant d'en venir aux faits, installé comme
nous l'étions tous dans le grand salon voisin de
la salle à manger, un salon dont les seules couleurs étaient une gamme de gris, et qui par
conséquent devait s'appeler le salon gris, ou le
grand salon gris, le père Prouteau nous parla
longuement de sa passion pour les oiseaux. Je

me mis à penser. Il faut dire que je m'ennuyais. A Olivier Messiaen qui lui aussi s'y intéressait. Non pour les photographier. Pour les écouter. Il se promenait dans la campagne et il notait leurs chants.

Lucien s'impatientait. Madame Prouteau s'impatientait. Quand elle ne regardait pas Lucien, la ceinture de Lucien, elle regardait son mari, l'air de dire : Abrège, Gustave, abrège. J'ai saisi son manège. Alors moi aussi j'ai regardé son mari, avec une telle envie de lui dire : Très bien, monsieur Prouteau, très bien, à présent si nous en venions aux faits ? Il me comprit et aussitôt commença son récit.

17.

L'après-midi du viol, après la sieste, une sieste à l'étuvée, arrosée de rêveries, il se promenait dans la campagne avec tout son attirail, une paire de jumelles de marine, un appareil photographique, un téléobjectif de gros calibre, un trépied téléscopique.

Quelques jours plus tôt, il avait eu des petits ennuis avec un rouge-gorge qui s'était introduit chez lui. L'oiseau s'était cogné un peu partout et pour finir avait pris position sur un tableau suspendu dans le grand salon gris. Il ne fut pas question de le chasser à coups de torchon. On ouvrit les fenêtres et l'on attendit, et, quitte à attendre, quitte à perdre son temps, autant le perdre en photographiant. Il alla chercher son matériel et mitrailla l'animal impassible.

L'après-midi du viol, il crut le reconnaître à la jumelle. On croit que tous les Jaunes sont pareils. Que tous les Noirs sont pareils. Les Noirs et les Jaunes en pensent autant des Blancs. On croit par conséquent que tous les rouges-gorges sont les mêmes, eh bien pas du tout, celui-ci était unique au monde et le père Prouteau crut le reconnaître à la jumelle.

Il installa le trépied télescopique, vissa l'appareil sur le trépied, le téléobjectif sur l'appareil et, l'œil collé au viseur, procéda aux réglages. Le rouge-gorge tranquille ne bougeait pas, au repos sur la branche, comme indifférent à une nature qu'on pouvait croire indifférente. Erreur. La nature n'était pas plus indifférente à ce rouge-gorge qu'il ne l'était à la nature.

Evidemment, on se dit : Au moment où le père Prouteau va vouloir déclencher, l'oiseau va s'envoler. Pas du tout. Ce n'est pas ce qui s'est passé. Ce n'est pas l'oiseau qui s'est vu dérangé, c'est le père Prouteau.

Par quoi un homme peut-il être dérangé ? Par une femme. D'abord par une voiture conduite par une femme. Après quelque dernier hoquet, elle s'arrêta sur le bord de la route.

Le père Prouteau se demanda ce qu'elle venait faire là. Il allait bientôt le savoir. Quitte à être dérangé, autant s'intéresser à ce qui vous dérange.

Il vit la femme sortir de la voiture. En courant elle en fit le tour et se cacha derrière. Il la voyait encore un peu. Il supposa qu'elle était accroupie. Il en conclut qu'elle faisait pipi. Il orienta son matériel, modifia les réglages et cette fois déclencha, et à partir de là ne cessa pas. Il put s'en donner à cœur joie pendant près d'une heure, depuis le moment où, soulagée, elle remonta dans sa voiture pour, à tout hasard, tirer sur le démarreur, sans succès, jusqu'au moment où une autre voiture s'arrêta.

Elle était bleue et, le gars qui la conduisait, le père Prouteau le connaissait. Il connaissait surtout sa réputation de cavaleur tombeur de femmes. Il fut curieux de voir comment il allait s'y prendre avec celle-là. Il ne pouvait pas se douter que Lucien s'y prendrait si mal, ou que la femme s'y prendrait si bien, en tout cas Lucien ne revint pas. Environ une heure plus tard, sa voiture revint seule, sans lui, conduite par la femme.

Le père Prouteau était toujours là, le rouge-gorge aussi, revenu lui aussi, parti puis revenu lui aussi, et Prouteau le photographiait, tranquille et satisfait, car plus il le regardait, plus il reconnaissait nettement la trace, une trace de couleur dans le plumage à la base du cou de l'animal, et plus il se persuadait qu'il s'agissait du même rouge-gorge.

Il abandonna cette certitude pour une autre quand il entendit qu'une voiture venait. D'un coup de jumelles, il vit qu'en fait elle revenait. Il vit aussi que la femme conduisait, et, chose curieuse, elle était seule, alors, conscient que quelque chose lui échappait, il orienta son matériel et de nouveau la photographia.

Il la prit en train de transvider l'essence. Il la prit en train de se laver les mains et le visage avec de l'eau minérale. Il la prit également en train de changer de vêtements. En culotte et en soutien-gorge. En train d'enfiler un jean puis une longue chemise. En train de changer de chaussures. Des mocassins blancs comme en portaient les Indiens d'Amérique du Nord, et, à propos de Peaux-Rouges, les traces de sang qu'elle avait sur le visage faisaient penser à des peintures de guerre. Elle rentrait saine et sauve de la guerre. Bref, sous toutes les coutures et une petite dernière alors qu'elle s'enfuyait au volant de sa voiture, laissant celle de Lucien là, en panne.

C'est la mère Prouteau qui parla la première. Tu ne m'avais pas dit ça, dit-elle. Tu ne m'en as jamais parlé, de ces photos. Tu t'es bien gardé de me le dire, que tu les avais prises. Tu ne me les as jamais montrées, et pour cause. Bah réponds ! Ça y est, me dis-je, elle va lui faire une scène. Ouf, non, elle n'insista pas. Mais elle continuait de fixer son mari avec un terrible regard, alors lui :

Calme-toi, Béatrice, dit-il. Puis, s'adressant à Lucien et à moi : Je vais vous montrer les photos. Tu n'y penses pas ! protesta madame Prouteau. Il ne pensait qu'à ça. Lucien aussi. Moi aussi. On était là pour ça. Elle s'expliqua : Tu ne vas tout de même pas obliger ce pauvre monsieur à vivre cette tragédie une seconde fois ! Lucien s'en mêla : Aucun danger, madame, dit-il. Ce que j'ai vécu ce jour-là, je ne peux pas le vivre une seconde fois. Bien sûr, bien sûr, dit-elle, un peu vexée. Puis, après réflexion, répri-

107

mant un sourire de vengeance, elle répéta : Bien sûr. Alors Lucien, à son tour vexé, se crut obligé de réparer, il nous précisa sa pensée : Ne vous méprenez pas, madame, dit-il, je ne voulais pas vous froisser. Ce que je voulais vous dire, c'est que, ce que j'ai vécu ce jour-là, je ne risque pas de le revivre, puisque, depuis ce jour-là, je ne cesse pas de le vivre. Vous comprenez ? Le père Prouteau regarda sa femme, elle comprenait, alors il se leva et alla chercher les photos.

Il commença par moi, j'ignore pourquoi. Il me tendit l'enveloppe. Je regardai Lucien, l'air de lui dire : Tu ne veux pas les voir avant moi ? Il me fit signe que non. J'ouvris l'enveloppe. L'ambiance était celle d'une étude de notaire. Nous allions donner lecture. Le testament de Rebecca Lodge. Ma dernière volonté, semblait-elle nous dire sur ces photographies, est que mon agresseur souffre, vous entendez, je veux qu'il souffre, jusqu'à sa mort.

18.

Dans la voiture la dispute reprit. Lucien me reprocha de n'être pas suffisamment intervenu. Je lui demandai de préciser. Il me reprochait, entre autres silences, d'avoir laissé la conversation s'égarer sur la recette surgelée des pâtes au poisson. Je prétendis ne pas du tout me souvenir de ça. Ma mauvaise foi l'exaspéra. J'étais en effet de mauvaise foi mais il m'embêtait, je déteste qu'on me parle quand je conduis. Pourquoi ? Eh bien tout simplement parce que, quand je conduis, je pense toujours à autre chose, alors évidemment, si on me parle, ça me dérange.

Il me dérangeait. Il me racontait ce que j'étais censé avoir dit. J'avais donc dit quelque chose. Il s'avéra qu'il ne s'agissait pas de mes silences, donc de mon refus d'intervenir, mais du malin plaisir que d'après lui j'aurais pris à parler avec la mère Prouteau de la recette surgelée des pâtes au saumon. Et comme je continuais de ne pas comprendre, il décortiqua point par point ce sommet de la conversation.

Le père Prouteau, avec la rigueur touchante de l'autodidacte, était en train de démontrer qu'en son âme et conscience il ne subsistait aucun doute quant à l'identité de la jeune femme. Il devait sa conviction à la bonne vieille méthode d'observation ornithologique. Pour conclure, il eut recours à un argument choc, celui qu'en général on garde dans sa manche. S'il eut recours à cet argument choc, presque vexé, en tout cas navré d'y être obligé, c'est uniquement parce que nous autres nous doutions, surtout Lucien.

Lucien : Mais comment pouvez-vous être sûr que c'est elle ? Il se tourna vers moi. J'avais vu moi aussi la page culturelle. Oh, moi, tu sais, lui dis-je, au moment des faits, je n'ai fait que l'entrapercevoir. Quant à la télé, ajoutai-je, je n'ai pas fait très attention, j'étais en train de déguster une délicieuse recette de pâtes au poisson. Vous aussi ! s'écria la mère Prouteau. Vous aussi ! Seigneur, pensai-je.

Nous aussi, jubilait-elle, nous aussi, nous dégustions la recette des pâtes au saumon. Ah bon ? dis-je. Et c'est ainsi que s'engagea une discussion sur la saveur très acceptable des produits surgelés. Suzanne n'était pas là, c'est dommage, elle aurait apprécié. Enfin bon, soit, j'ai eu tort, mais ce n'est pas vraiment ma faute. Quand quelque chose m'énerve, si l'émotion m'étreint, je plaisante, c'est plus fort que moi, le rédempteur me pardonnera.

Je ne répondis pas. La dispute était terminée. Lucien ne parlait plus. Je conduisais. Le paysage allait peut-être nous heurter, mais, comme toujours et sans arrêt, il ne faisait que nous frôler, sur les côtés et au-dessus de nos têtes.

Le silence durait. Je regardai Lucien. Profil perdu dans le lointain d'une route. Il pleurait. Mais enfin pourquoi tu pleures ? lui dis-je. Le spectacle de ses larmes me bouleversa et en même temps me mit très en colère. En colère contre quoi ? Contre lui, contre moi, contre l'émotion, contre les larmes, contre la souf-

111

france, contre la douleur, certes intelligente, que ferions-nous sans la douleur, mais toujours injuste. A ce moment-là seulement je compris à quel point il était diminué, fragile, vulnérable, combien devenu sensible et peut-être aussi totalement désespéré.

L'argument choc du père Prouteau était, comme disait ma mère : Une marque de fabrique. Elle disait aussi : Les chiens ne font pas des chats. Je me suis souvent demandé si j'étais un chien ou un chat, une histoire de paternité mais passons, la question n'est pas là. Il avait déniché un signe, et je rappelle que le signe est ce qui signifie quelque chose pour quelqu'un, un signe distinctif qui faisait de Rebecca Lodge une femme unique au monde. Il s'agissait d'un grain de beauté, d'une mouche ou d'un point noir qu'elle avait juste là, posé sur l'angle aigu de la mâchoire, sous l'oreille gauche, à l'ombre du lobe.

Résultat, conséquence de tout ça, pour Lucien, et pour moi, Rebecca Lodge recommençait à exister. Ce qui s'appelle exister. Elle avait bien sûr toujours existé mais s'était peu à peu dissoute dans une sorte d'état de fantôme, juste capable de venir le hanter, la nuit, et le jour dans ses rêves éveillés.

Bref, elle reparaissait brutalement, plus réelle qu'avant, plus vivante, plus forte, plus vraie, et ce retour marqua pour lui le début d'une authentique détresse. Il dégringolait déjà depuis longtemps, sans doute, mais, à côté de ce qu'il allait connaître. Ce n'était rien, ce qu'il avait vécu jusqu'à présent.

19.

Il est temps d'aborder la période dite des
multiples tentatives, autrement appelée la
période de tous les chantages, car toutes ces
tentatives n'avaient d'autre visée que de me
faire chanter. Ça me rappelle une plaisanterie
de Suzanne. J'en ris encore. Elle me disait son
impuissance à entendre la différence entre une
voix de contre-ténor et une voix de
haute-contre. Je m'abstins de lui dire qu'il n'y
en avait pas. Il y en a une. Puis je me mis à lui
expliquer les castrats. Elle en ignorait l'existence. Je vous jure. Je lui expliquai ce que
c'était, comment on les frabriquait, ça l'intéressait. Puis je lui racontai que Haydn lui-même,
doué d'une très jolie voix, avait failli le devenir
et que son humour sans doute venait de là.

Alors elle s'est mise à rire et elle a dit : Nous avons les moyens de vous faire chanter. Le père de Haydn s'y est opposé. Il a bien fait.

Les moyens de convaincre. Les moyens d'intimider. Les moyens de tuer. On essaie de vous soumettre. Vous subissez toutes sortes de pressions, les plus malhonnêtes. C'est ce qui m'est arrivé. Ils s'y sont mis à deux. Suzanne et Lucien. Jaloux l'un de l'autre, incapables de se détruire l'un l'autre, ils sont devenus complices pour me détruire moi.

Je ne vais pas énumérer toutes ces tentatives, ce serait risible. Je n'avais pas envie de rire. Rien n'est plus tuant qu'une fausse alerte. Si, une suite de fausses alertes. Nabokov a beau dire que la littérature est née comme ça. Je ne trouve pas ça drôle. Du tout. Je me contenterai d'un seul exemple.

Je crois l'avoir déjà dit, je voyais Lucien presque tous les jours. Suzanne en était malade. Alors chaque fois que je partais pour aller voir Lucien, elle me menaçait, sans jamais mettre sa menace à exécution, rien n'est plus pénible. Elle me disait, par exemple : Si tu continues, je te coupe les vivres. Ou bien : Je ne serai plus là quand tu rentreras. Ou encore : La porte sera fermée. Alors moi : J'ai ma clef. Alors elle : Je vais changer la serrure. Ou alors : Inutile de rentrer.

Et quand j'arrivais chez Lucien, c'était pour le trouver en train d'enjamber la barre d'appui, ou en train de se pendre, c'était bien calculé, j'avais juste le temps de le décrocher, je le saisissais sous les fesses puis le portais comme un grand bébé. Ça me rappelle ma dernière étreinte avec ma mère. J'avais en gros vingt ans. Je rentrais de l'armée, via Alger, pas blessé mais bègue. Je l'ai prise dans mes bras. Elle m'a repoussé en me disant : Tu n'es plus un bébé.

Lucien non plus ne l'était plus. Il aurait bien voulu. Qui ne le voudrait ? Il faisait tout pour ça. Il régressait à mort mais rien à faire, il ne l'était plus. Pis encore, il ne le serait jamais plus. Aussi, moi, un soir, lui ai-je dit : Ecoute, Lucien. Ça ne peut pas durer comme ça. Je ne sais plus quoi faire avec toi. Si tu as une idée. S'il est encore quelque effort que je puisse faire. Dis-le-moi. Je le ferai. Tu le sais bien. Tu peux me demander n'importe quoi. A condition bien sûr d'arrêter tes bêtises.

J'aurais mieux fait de me taire. On fait toujours mieux. Il m'attendait là, au virage. N'eut pas besoin de réfléchir. Sa demande était prête. Le contrat rédigé n'attendait plus que ma signature. Lui l'avait déjà signé, lu et approuvé.

Je voudrais, dit-il, mais toi tu ne voudras pas. Dis toujours, lui dis-je. Non, dit-il, c'est inutile, je ne peux pas t'obliger à faire ça. M'obliger à faire quoi ? lui dis-je. J'avais tout deviné. Moi aussi je l'attendais là, à ce virage-là. Son contrat, je l'avais déjà lu, je l'avais approuvé, j'avais envie de m'en aller, de voyager, et surtout j'avais envie de connaître Rebecca Lodge, et ce n'est pas tout :

J'avais aussi envie de le fuir, lui. J'avais envie de lui prendre son désir, de m'enfuir en lui dérobant son désir, eh oui, alors, sans discuter, j'ai signé : M'obliger à aller la trouver ? Pour lui parler de toi ? C'est ça que tu veux, n'est-ce pas ? Parce que tu penses que ça et seulement ça te soulagera ? Alors lui : Comment as-tu deviné ?

20.

DANEMARK : 0 % stress – 100 % nature.
Je n'invente rien. C'est le slogan de la brochure que j'ai reçue. Je ne pouvais pas partir comme ça, à l'aventure. J'avais besoin de documents. Je ne savais pas où m'adresser. J'ai téléphoné aux renseignements. J'aimerais, s'il vous plaît, connaître le numéro de la Maison du Danemark, car je supposais qu'il devait exister une Maison du Danemark. Je ne me trompais pas. Ne quittez pas.

J'ai bien une Maison du Danemark, me dit la demoiselle du téléphone, mais c'est un restaurant, c'est ce que vous cherchez ? Pas du tout, lui dis-je, je cherche plutôt quelque chose comme une ambassade. Une ambassade, dites-vous ? me dit-elle : eh bien écoutez ça tombe bien, je vois que l'ambassade et le restaurant, c'est le même numéro. Bon eh bien donnez-moi le numéro de l'ambassade. Elle me brancha sur une voix terne, décharnée, proche de la mort, probablement un ordinateur qui me rappela le cancer de mon beau-père, un cancer de la gorge, le père de Suzanne, la voix métallique qu'il avait avec son appareil après sa trachéo et l'appareil m'épela le numéro de ladite ambassade. Je répète, dit-il. Inutile, j'avais compris, j'avais noté, je raccrochai.

A l'ambassade, je suis tombé sur un homme désagréable, parlant néanmoins français, qui en substance m'a dit : Ici, on ne fait rien de touristique. Ça vaut mieux, ai-je pensé. Il me passa un autre poste. Il n'y avait personne. Il m'abandonna dans le vide de la sonnerie. Ça sonnait. Même pas une petite musique. Pas même *La petite musique de nuit*. Ça sonnait. Ça sonna. Au moins dix fois. Puis, réveillé comme un portier, un répondeur, charitable, m'a recueilli, très aimable, le genre saint Vincent-de-Paul découvrant un nourrisson devant la porte de son église, un matin d'hiver, dans la neige. Alors, sans que j'aie besoin de réclamer, il me mâcha, mot à mot, chiffre à chiffre, comme si j'étais un attardé, l'adresse et le numéro de téléphone du Conseil du tourisme du Danemark. La fin du message précisait que je ne pourrais les joindre qu'à partir de treize heures. C'était le matin. Un matin d'hiver. J'attendis l'après-midi.

La jeune fille que j'obtins parlait français avec un délicieux accent. Je lui déballai mes petits ennuis. Elle me promit une documentation sur Copenhague et ses environs dans une petite semaine. Je reçus dans les délais la documentation accompagnée d'une lettre qui me demandait, je cite : De vouloir bien participer aux frais d'expédition. Alors là, ma fille, ai-je pensé, tu peux toujours te brosser. Else Knudsen, déléguée pour la France, me demandait huit francs par brochure expédiée. Le paquet en contenait quatre.

Un crayon à la main, j'ai commencé à feuilleter la première. Très intéressant. Très encourageant. D'entrée, je relevai quelques éléments très encourageants. Que je reportai sur une feuille de papier blanc :

1) Les Danois sont particulièrement faciles à apprivoiser.

2) Les Danois de toutes générations se laissent aisément aborder.

3) Des nuits à la hauteur de vos rêves.

4) Le Danemark est fait pour les amoureux.

5) Copenhague est faite de bonheur simple.

6) Copenhague est faite pour toucher le cœur des voyageurs amoureux.

Bon, eh bien, inutile d'attendre davantage, me dis-je. Envolons-nous.

A une heure trente de Paris, le week-end n'a jamais été aussi proche. C'est ce que disait la deuxième brochure. D'abord, je suis parti un mardi. Ensuite, en tout, il faut compter quatre heures. Nous avons décollé. Pendant toute la durée du vol, j'ai dû supporter un sale type assis à ma gauche dans la travée d'à côté. Il n'arrêtait pas de me regarder avec deux grands yeux ronds bizarres, probablement drogué comme un chien dans un break, ou alors je lui plaisais, c'est possible, en vieillissant je plais aux hommes, je ne comprends pas pourquoi.

A l'arrivée, je l'ai laissé prendre un peu d'avance. Je l'ai retrouvé dans la file d'attente des taxis. Il attendait, loin devant moi. Il se retournait. Il me cherchait peut-être. Moi ? Loin de chez moi ? Oppressé comme je l'étais ? Il faut croire. Il est parti dans une voiture, moi dans une autre et j'ai donné au chauffeur l'adresse de mon hôtel relevée dans la troisième brochure. J'ai tenté ma chance en français. Il m'a répondu puis il a continué de me parler. L'entendre fredonner ma langue m'a rassuré.

J'aurais pu d'ailleurs ne pas prendre de taxi. A l'aéroport, j'avais le choix entre trois solutions. 1) La navette SAS pour 35 couronnes. 2) Le taxi pour 120 couronnes, environ. 3) Ou tout bonnement le bus, gratuit avec une carte que je n'avais pas. J'ai hésité un petit moment et puis je me suis dit : C'est Lucien qui paye alors profitons-en.

A l'hôtel, j'ai suivi le conseil de la brochure, la quatrième, je me suis procuré l'imprimé intitulé : « Cette semaine à Copenhague. » Vous y trouverez une foule de renseignements, me disait-elle, concernant le shopping, les sports, les religions, les restaurants, les musées : Ah, enfin ! ai-je pensé, quand même les musées ! C'est le musée qui m'intéressait.

Au musée ! dis-je au chauffeur, un autre, dans un autre taxi, je menais la grande vie. J'avais laissé mes affaires à l'hôtel. Je parlerai de ma chambre plus tard. J'ai rendu la clef. Assez luxueuse, ma chambre. Je la décrirai plus tard. Même très luxueuse. Plus tard.

Quel musée ? me dit-il. Des beaux-arts, lui dis-je. Il me prit pour un homme cultivé. Résultat, pendant qu'on faisait encore un grand tour en bagnole, il se crut obligé de me parler d'Andersen. Alors moi, pour le décourager, je lui ai répondu Kierkegaard. Ça ne l'a pas du tout découragé. Il s'est mis à me conter les amours du penseur avec une demoiselle Olsen. Un silence rêveur suivit.

Tout au long du silence, je pensais à l'histoire des deux camionneurs incultes qui tout en conduisant passaient leurs nuits à discuter par radio de Beethoven et de Hegel. Il me proposa le château d'Hamlet mais ça faisait loin. J'ai dit : Oui, ça fait loin. J'ai dit : Non, pas aujourd'hui. Un autre jour peut-être. Pour l'instant : Au Musée des beaux-arts !

21.

Un vrai coup de chance. Le premier. Il y en aura d'autres. Ça commençait bien. Je suis tombé presque tout de suite dans la salle d'un peintre que je connaissais. Un Danois dont on a beaucoup parlé à une certaine époque. L'un de ceux dont la mort nous apprend l'existence. Beaucoup l'ont vu en faisant la queue et pas mal d'autres ont failli le voir, je parle de ses œuvres, bien entendu, l'artiste est mort depuis longtemps.

J'ai retrouvé avec plaisir, comme un visage aimé, certaines de ses toiles, je dis comme un visage aimé parce que, pour moi, je suis sans doute le seul à le penser, mais peu importe, toute peinture est un autoportrait. Et puis, à un moment donné, au fond de cette grande salle toute baignée de lumière zénithale, j'ai vu une femme, assise sur un banc, l'un de ces bancs de contemplation généralement situés au centre d'une allée.

Avec discrétion, je me suis approché, à peu près sur la pointe des pieds, puis me suis arrêté derrière elle, pas trop près, pour ne pas la déranger. Parfaitement immobile, elle regardait un grand tableau. Je le regardai moi aussi, puis la femme, son dos, puis le tableau, puis la nuque de la femme, puis le tableau. J'eus une sorte de hoquet mental.

Je venais de m'apercevoir que la femme devant le tableau était coiffée comme la femme dans le tableau. Je n'avais vu ça qu'une seule fois, dans un film. *Vertigo*. Alors j'ai pensé qu'elle aussi peut-être était une somnambule embarquée dans une vie antérieure. Kim Novak. Je revis le détective, un homme séduisant, complaisant, trop serviable, encore aveugle. James Stewart. Je me trouvais, toutes proportions gardées, dans une situation comparable à la sienne. Néanmoins j'espérais ne pas trop partager son destin.

Juste conscient de la beauté de la scène,

conscient de vivre une scène d'une grande beauté, je battis en retraite, jusqu'à la rencontre d'une jeune employée, à qui j'adressai la parole, pour lui demander, en anglais : Connaissez-vous le titre de la toile que cette femme assise là-bas regarde ? Elle me donna le titre danois, puis, peut-être peu sûre d'elle, consulta son catalogue, opina et de nouveau me regarda.

Sur mon visage, elle vit tout de suite que je n'avais rien compris. Elle traduisit. Le titre anglais ne me disait rien non plus. Je demandai à voir son catalogue. Elle me l'offrit. A mon tour, je le consultai, et subitement je me mis en colère, probablement la fatigue, les nerfs d'un homme dépaysé. Je lui reprochai de n'y trouver aucun titre français. Elle me répondit qu'elle n'était pas chargée de la composition des catalogues. Alors qui ? dis-je : donnez-moi le nom de cette personne, j'ai deux mots à lui dire. Elle tourna la tête pour me fuir : Ah bah tiens justement la voilà, dit-elle, de nouveau souriante, à l'évidence soulagée.

C'est ainsi que nous fîmes connaissance, Rebecca Lodge et moi. Je la vis s'approcher. J'ai déjà dit comment elle était habillée. Je n'y reviens pas. Je rappelle seulement que nous étions en hiver. Alors le chapeau de paille, genre canotier, les lunettes de soleil. J'avais affaire à une originale. Je m'en doutais un peu.

Comme si je n'étais pas là, sans tenir le moindre compte de ma présence, par conséquent sans me regarder, elle interrogea la jeune fille : Que se passe-t-il, Margrethe ? La jeune fille répondit sur un ton de mi-plainte, mi-délation : Il se passe, madame, que ce monsieur est furieux parce que le catalogue est imprimé en danois et en anglais mais pas en français.

Et pourquoi pas en arabe et en chinois, et en serbo-croate, pendant qu'on y est ? répondit-elle en français à la jeune fille. Alors moi : Je vois que vous parlez admirablement le français, lui dis-je. Je n'avais pas fini : Je vois aussi que vous êtes une insolente snob et arrogante. Elle ôta ses lunettes pour m'insulter : Je vous méprise, siffla-t-elle entre ses jolies petites dents de devant. Alors moi, toujours à plaisanter : Sortez ! lui dis-je, si vous êtes un homme ! Elle éclata de rire. C'est ça, dit-elle, allons nous battre ailleurs, j'ai soif.

Scène suivante. Nous étions assis à une terrasse ensoleillée. Elle à côté de moi et moi à côté d'elle. Et, comme sur la brochure numéro quatre, une lumière agréable aux tables voisines passait sans les toucher dans les cheveux des filles assises entre elles ou avec des jeunes gens et toute cette belle jeunesse semblait en excellente santé, voilà.

A présent, ouvrez le feu. Vous êtes probablement un imbécile, me dit-elle, mais vous allez comprendre. J'ai été mariée à un Français, ce qui se faisait de mieux en France, un officier de marine, de vieille noblesse bretonne, alors, chaque fois que j'en rencontre un, quand il s'en trouve un sur mon chemin, je veux dire un petit Français, même le plus vulgaire, je suis folle de joie. Vous comprenez ? Non ? Eh bien, si vous voulez, c'est comme si vous m'étiez envoyé par mon mari, mon cher mari, il vous envoie à moi, il m'envoie quelqu'un comme vous parce qu'il veut que je parle avec quelqu'un comme vous. Etes-vous d'accord pour me parler ? Puis-je vous utiliser pendant la durée de votre séjour ? Combien de temps resterez-vous à Copenhague ? Et, pendant que j'y suis : Que venez-vous faire ici ? Je veux dire, à part me parler ?

J'avais jusqu'ici rencontré pas mal de cinglés, mais là, j'avoue, c'était le bouquet. Avant de me quitter, avec un billet pour payer les verres, elle jeta les modalités sur la table : Déjeuner tous les jours avec moi, dit-elle, ici même, à midi et demie. Le soir, non, elle ne pouvait pas, elle était prise, par qui, par quoi, je finis par l'apprendre, elle se couchait de bonne heure.

22

Notre accord était clair. Je faisais ce que je
voulais toute la matinée à condition d'être là à
midi et demie pour déjeuner. Autrement dit :
Tu visites Copenhague, tu déjeunes, tu revisites
Copenhague et tu vas te coucher, c'est gai, et
ce fut comme ça toute la semaine.

Jusqu'au jour où je lui ai dit : J'en ai un peu
assez de vos déjeuners, ne pensez-vous pas que
nous pourrions dîner, pour une fois, pour changer ? Les hommes préfèrent le soir. Les femmes
aussi. On sait comment ça se passe. On dîne,
on boit, et hop, au lit. Ça commence toujours
comme ça, comme ça finit. Les femmes ne s'en
lassent pas. Les hommes non plus.

Dîner et puis quoi ? me dit-elle. Juste dîner,
dis-je. On dit ça, dit-elle. C'est possible, dis-je.

Elle rumina quelque pensée. Alors d'accord, dit-elle, mais autant vous prévenir, je n'ai aimé qu'un seul homme dans ma vie et je n'aimerai qu'un seul homme dans ma vie : Lui. Me voilà prévenu, dis-je, et comme un prévenu en vaut deux, on sera trois, un de trop, je lui cède la place, je vais me coucher. Elle pensa que j'étais vexé. Pas du tout. Si, un peu, mais surtout fatigué. Je me levai. Elle me retint. Je restai.

Le soir même, nous dînâmes. Trois heures plus tard, saturé de vin, de paroles, de discours, passablement ivre, exténué de l'entendre parler de son amour défunt sans avoir pu placer un mot du mien naissant pour elle, de toute façon elle n'eût pas entendu, elle était soûle, ou alors elle aurait entendu mais le lendemain ne s'en serait pas souvenue, elle était soûle, on ne peut pas faire confiance à une femme qui est soûle, je regagnai ma chambre en me disant : Je n'ai plus rien à faire à Copenhague. Mais nous n'en sommes pas là. Ce que j'évoque là, c'est la fin de la semaine. Revenons au début.

Mes matinées étaient réduites à presque rien. Je me levais tard. Je n'avais pas le temps de voir grand-chose. J'étais vite fatigué. Je n'aime pas marcher seul dans les villes. Je m'y sens plus seul que seul. J'ai l'impression de ne rien voir. Je vois que tout me regarde sans me reconnaître.

A commencer par la Petite Sirène. Je l'ai trouvée bien triste sur son rocher. Ça m'a rappelé un vieux lied de Schubert. Je me suis alors demandé si les gens qui la voient comme ils voient la Joconde, mais je ne suis pas allé au bout de ma pensée. J'ai continué à me balader. Si j'étais allé au bout de ma pensée, j'aurais sans doute pensé qu'elle aussi avait l'air d'attendre un certain retour, de la catégorie des retours impossibles. Je m'inquiétai de l'heure. Il était près de midi. En marchant bien, j'avais le temps de rejoindre le restaurant.

J'ai oublié ce qu'on a mangé. On ne peut pas s'intéresser à tout. Je me souviens juste d'un plateau de crevettes roses artistement organisé en pièce montée. Non, attendez, je dois confondre. Non, pas un plateau, des coupes en verre pleines de crevettes. Je revois très bien les queues de crevettes qui dépassaient du bord des coupes. J'ignore pourquoi ça m'a frappé mais ça m'a frappé. Les crevettes se retenaient par la queue, de tomber. Les queues retenaient les crevettes de tomber dans les coupes. Ou plutôt, retenues par la queue, elles regardaient le fond de la coupe.

Il fallait que je lui parle. Pour lui dire quoi ? N'importe quoi. Il fait beau. Il faisait beau. Froid mais beau. Un temps comme j'aime. C'est un endroit très agréable. L'endroit était agréable. Vous y venez souvent ? Tous les jours, imbécile. Elle y venait souvent. Oui, bon, arrête. Essaye autre chose.

Vous devez fréquemment séjourner en France, dis-je, pour parler aussi bien le français. Elle : Je m'y rendais souvent, en effet. Plus maintenant ? dis-je. Elle : Vous allez m'embêter longtemps avec vos questions ? Vous avez raison, dis-je, parlons plutôt de Karen Blixen. Vous m'ennuyez, dit-elle. Alors revenons à ma question, lui dis-je, ou plutôt à votre réponse, votre absence de réponse, car vous ne m'avez pas répondu : Je vous demandais pourquoi vous n'aimiez plus la France.

Elle eut une espèce de petit rire, que je qualifierais de sardonique, un ricanement accompagné d'un coin de rictus, pour personne, pas pour moi en tout cas, pour elle-même, personne

133

d'autre qu'elle-même, son secret, donc, sa haine par conséquent : Je hais la France. Je sautai sur la contradiction. Je lui rappelai ce qu'elle m'avait dit la veille.

Je croyais, lui dis-je, que la vue et la voix d'un Français vous rendaient folle de joie. Oui, me dit-elle, quand comme vous je le rencontre ici, chez moi, mais plus du tout quand je vais là-bas, d'ailleurs je n'y vais plus. Alors moi : Même pas pour votre travail ? Elle : Si, bien sûr, mais sinon.

Je fus tenté d'insister : Sinon quoi ? Rien ne pressait. L'heure sonnait pour elle, de partir, elle avait du travail. Demain, pensai-je, alors qu'elle se levait et me tendait la main, je l'interrogerai sur son travail, sur ce que je pensais être sa seconde passion, la première étant son amiral, je dis son amiral parce que, si une crapule ne l'avait pas tué, on l'aurait probablement bombardé amiral, un jour ou l'autre, un homme de cette valeur, capable de tant d'amour, pour son équipage, et pour une femme, au point de l'épouser pour aussitôt l'abandonner.

En attendant, elle me salua en forme de question : A demain ? Son sourire semblait dire : Ne perdez pas courage, nous finirons par nous entendre. J'en suis sûr, pensai-je, c'est juste une question de temps, vous savez, ce temps qu'on ne cesse de perdre, alors comme ça ou autrement.

23.

Alors, cette chambre d'hôtel, elle était
comment ? Luxueuse, d'un goût douteux mais
luxueuse, c'est souvent le cas du luxe, on parle
rarement d'un luxe de bon goût.

Une grande fenêtre ou baie, plutôt une grande
baie, coiffée au carré, doubles rideaux sur les
côtés et puis au-dessus une frange du même
tissu, qu'on retrouvait sur le lit, du même style
que le secrétaire, avec lampe et bouquet de fleurs
artificielles dessus, une corbeille en dessous, à
papiers et, pour s'asseoir devant, un tabouret du
genre piano, couvert du même tissu, qu'on
retrouvait en jupe autour des pieds de la coif-
feuse, du même style que l'armoire, avec lampe
et surtout un délicieux miroir triptyque, et puis
évidemment un bar, une télévision, un télé-

phone, mais tout ça n'a aucun intérêt, j'en suis d'ailleurs sorti très vite, ce matin-là, le matin du mercredi.

Non, jeudi. Peu importe. Encore une matinée à tuer. Que faire de ces deux heures ? Et quart. Il était dix heures et quart. A cette heure-là, d'habitude, mais passons, ça ne regarde que moi. J'eus de nouveau recours à mes brochures. L'indolent que j'étais les parcourut jusqu'à ce qu'il se dise : Tiens, et si j'allais voir ça ?

Tivoli. Le parc d'attractions le plus célèbre au monde. On y trouve, paraît-il, des parterres de fleurs, des manèges, un lac artificiel, une atmosphère, je cite : Lumineuse et féerique, et c'est ouvert d'avril à septembre. Je me suis cassé le nez. C'était l'hiver. Il faisait froid mais très doux pour là-bas. Une douceur due au climat maritime. Et des feux d'artifice, deux fois par semaine, mais pas l'hiver.

Je suis rentré par la Strøget, la plus connue des rues piétonnières. A Copenhague, le piéton et le vélo sont rois. Dans l'ensemble du Danemark, pour cinq millions d'habitants, on compte quatre millions de vélos, moins qu'à Pékin mais quand même, c'est impressionnant.

Quoi donc ? me dit-elle. Autant de vélos, dis-je. Et puis au moins, ajoutai-je, ça ne sent pas mauvais, même si ce bruit de pignons et de chaînes est agaçant comme au passage du Tour de France, quatre millions de coureurs cyclistes, vous vous rendez compte ? Pas de réaction. Et puis au moins, ajoutai-je, on ne risque pas de tomber en panne d'essence. Mais les Chinois n'ont pas d'essence, ajoutai-je, et pas de voitures non plus, mais pas pour les mêmes raisons que les Danois, ajoutai-je, les Danois en sont écœurés alors que les Chinois, ils n'y ont pas encore goûté, mais ça va changer, vous allez voir, ça va changer.

Alors elle : Pourquoi me dites-vous ça ? J'en avais tellement dit. Alors moi : Pourquoi je vous dis quoi ? Elle : Pourquoi me parlez-vous de panne d'essence ? Comme ça, dis-je, pour parler, puisqu'il faut que je vous parle. Je vois, dit-elle, mais parlons d'autre chose, voulez-vous ?

Je proposai de reprendre la conversation, j'aurais pu tirer d'elle un cours d'histoire de l'art mais je proposai de reprendre la conversation là où nous l'avions laissée la veille. Elle ne s'en souvenait pas. Je remis sa mémoire à l'heure de

138

la mienne. J'étais, lui dis-je, sur le point de vous dire : Sinon quoi ? Quoi, sinon quoi ? me dit-elle, je ne comprends pas. Vous allez comprendre, lui dis-je, vous n'êtes pas bête :

Vous disiez ne plus aller en France, sauf pour votre travail, mais sinon, alors je vous le demande : Sinon quoi ? Elle : Je ne comprends pas votre question. Elle m'expliqua l'incompréhensibilité de ma question. C'est pourtant simple, dit-elle, j'y vais pour mon travail sinon je n'y vais pas. Alors moi : Non, ma chère, ne dites pas : Je n'y vais pas, dites plutôt : Je n'y vais plus. C'est juste, dit-elle. Moi : Puis-je savoir pourquoi ? Elle : Ça me regarde. Très bien, dis-je, alors dites-moi de quoi vous voulez que je vous parle. De vous, me dit-elle.

Et toc. A ce petit jeu-là, avec plus malin que soi, à un moment donné, on se fait contrer, tant pis pour moi, je l'avais cherché, alors j'ai hésité et puis je me suis lancé après avoir pensé : Faisons confiance au langage. Il m'a toujours tiré d'affaire.

Je suis biologiste, dis-je. Elle : C'est intéressant ? Non, dis-je. Enfin si. Enfin bon. Enfin bref. Non, voyez-vous, moi, je ne fais rien d'intéressant, mais j'ai une amie, par exemple, également biologiste, qui elle descend régulièrement au fond du golfe du Mexique dans un sous-marin de poche, voilà qui nous ramène à votre amiral.

Quel amiral ? Le vôtre, dis-je, votre officier chéri. Je ne vous permets pas. Moi : Il est toujours en vie ? Non, dit-elle, il a été tué. La guerre ? Non, dit-elle, la pêche. Comment ça, la pêche ? dis-je. Il a été tué en allant à la pêche ? Je devenais grossier, idiot et grossier, un idiot méchant et grossier. Veuillez m'excuser. En vérité, je ne suis plus biologiste, mon entreprise a été liquidée, mais pas la firme, seulement l'usine de France, je hais les investisseurs étrangers. La question suivante me pendait au nez. Et maintenant, dit-elle, que faites-vous ?

Sans me vanter, j'ai trouvé ma réponse excellente. A la question : Et maintenant, que faites-vous ?, j'ai répondu : Je prends des vacances pour le compte d'un ami. Formidable. Elle en est restée comme deux ronds de flanc. Je vis là une transition possible pour le dessert. Non, dit-elle, je n'ai pas le temps. Elle se leva.

Vous pensez que je suis fou ? lui dis-je sans

140

lui rendre sa main, elle me l'avait tendue, je
l'avais prise, je refusais de la lui rendre, je voulais
une réponse en échange de sa main, je l'obtins,
sa réponse fut celle-ci : Laissez-moi, dit-elle, je
ne comprends rien, absolument rien, à demain.

24.

Les soirées dans l'ensemble furent à se pendre. Indépendamment de mes petits ennuis,
j'étais peut-être moi aussi déjà rejoint par la
fameuse maladie du suicide scandinave. Dans
cette discipline, il paraît que les Suédois jadis
détenaient des records. Et les Danois ? Je ne sais
pas. Mes brochures ne le mentionnaient pas. En
tout cas, pour moi, endémie ou pas, les soirées
furent sinistres. Je n'en vois guère qu'une qui
vaille la peine d'être mémorisée, et encore, je
n'en suis pas sûr, c'était surtout histoire de rom-
pre la monotonie de mes dîners.

J'en avais plus qu'assez de dîner seul dans
mon coin en me forçant à m'intéresser à la popu-
lation du restaurant. Je n'avais pas faim, j'avais
trop bu, la suite arrive, me disait le maître d'hôtel

mais je ne l'attendais pas, la suite, j'avais trop bu, je n'avais pas faim.

Quand je m'ennuie à ce point dans une ville étrangère, le soir, j'en arrive tôt ou tard à penser qu'une boîte de nuit, un club de jazz, est le seul endroit capable de réchauffer un peu les cœurs, quitte à pleurer à chaudes larmes. Alors, comme le serveur n'arrêtait pas de me casser les pieds en revenant remplir mon verre, comme si je n'étais pas capable de me servir seul, j'ai profité de l'une de ses nombreuses allées et venues pour lui poser la question :

Par hasard, vous ne connaîtriez pas une boîte de nuit, un night-club, un club de jazz dans le coin ? Il a fait celui qui ne comprenait pas. Il faisait semblant de croire que je voulais voir des filles. Alors j'ai dit non, pas des filles, imbécile, du jazz, une boîte à jazz, un jazz-club. Un peu déçu, comme si c'était lui qui devait y aller, il m'en indiqua un, par bonheur pas trop loin, je n'étais guère en état de marcher.

C'était plein. J'ai cru que je n'allais pas pouvoir entrer. J'ai eu de la chance. J'ai profité du départ d'un couple, ils avaient l'air heureux d'aller se coucher, qui occupait une table dans un coin bien tranquille là-bas dans le fond. Le fond en question n'était pas loin des musiciens, le club était minuscule et un peu miteux.

J'ai commandé aux frais de Lucien de la vodka avec beaucoup de glace, j'avais très soif, à la santé de Lucien, et quand la serveuse m'a servi c'est à peine si je l'ai reconnue, j'étais déjà entièrement recouvert, envahi, submergé, habité de musique, il ne fallait plus me déranger, je ressentais déjà à l'intérieur une grande chaleur et comme prévu je me suis mis à pleurer, ça faisait si longtemps que je me retenais de regretter ma jeunesse.

Une fille d'à peu près vingt ans est venue s'asseoir à côté de moi en me demandant si elle pouvait s'asseoir à côté de moi, elle était déjà assise alors moi j'ai dit oui sans la voir, j'avais les yeux pleins de larmes, et elle, elle a dû voir mes yeux car une seconde plus tard j'ai senti qu'elle me les tamponnait, alors j'ai gardé son mouchoir en lui demandant de me foutre la paix.

J'ai à peu près tout perdu d'elle. Je me souviens juste qu'elle avait l'air d'un petit garçon. Elle avait des cheveux très courts et très blonds et des yeux très bleus à peine voilés par des

144

lunettes très claires. Elle n'arrêtait pas de bouger. Elle était du genre à sans arrêt claquer des doigts et taper du pied. Je déteste ça. J'ai fini par l'engueuler. Elle m'empêchait d'écouter. Je n'ai jamais pu supporter les percussions additionnelles. J'ai attendu la fin du morceau. Vous ne pourriez pas vous arrêter de bouger, lui dis-je, ça me gêne. Elle m'a réclamé son mouchoir et elle est partie. Elle m'a fait de la peine. Je ne pouvais rien pour elle. Je me suis aperçu que mon cœur était pris et bien pris par celle avec qui je devais de nouveau déjeuner le lendemain. De toute façon, la petite était trop jeune, l'âge de mes filles, elle m'aurait attendri et rien de plus, je lui aurais raconté une histoire pour l'endormir, *Boucle d'or* ou *La petite marchande d'allumettes*, mais pas moyen de la faire dormir, alors c'est moi qui me serais endormi.

Le club s'appelait « My old flame ». Ça m'a rappelé le titre d'un thème que j'adorais dans le temps : « Dear old Stockholm. » On était pas loin de « Cher vieux Copenhague », alors je me suis levé, tant bien que mal, j'étais soûl, mais tant mieux, je n'avais peur de rien, je suis allé trouver le tromboniste et je lui ai demandé de jouer ça pour moi. Je n'avais rien d'une jolie femme déprimée avec fume-cigarette et en plus j'étais Français mais ils ont quand même gentiment accepté. Je suis allé me rasseoir, j'ai demandé une autre vodka et j'ai écouté ça en me disant demain on verra.

Sinon, rien à signaler, la musique était correcte. Elle pouvait l'être : le pianiste jouait comme Oscar Peterson, le bassiste comme Ray Brown, le batteur comme Roy Haynes, le trombone comme J.J. Johnson et le ténor comme Stan Getz, les amateurs apprécieront. J'ai apprécié encore une heure et je suis allé me coucher en me disant : Demain, on remet ça : visite de Copenhague, suite, puis déjeuner avec ma petite Danoise.

J'ai eu du mal à rentrer, à rejoindre l'hôtel, à trouver ma clef. Non, pas la clef, le concierge me l'a fermement déposée dans la main, la fermeté d'une infirmière dans une main de chirurgien, mais la serrure, oui, j'ai eu du mal à la trouver, et puis mon lit, où tête la première je me suis effondré, pour une heure plus tard me réveiller tout habillé. Je me suis déshabillé en pensant au lendemain. Ensuite j'ai bu un verre d'eau, j'ai pissé dans le lavabo et hop, au lit. Bonne nuit.

Je croyais en avoir fini mais non : La lumière, me suis-je dit, tu as oublié d'éteindre la lumière. Où ça ? Dans la salle de bain.

25.

Faut-il aussi donner le nom de l'hôtel ? Oui ? Parlez plus fort. Oui ? Soit. Il s'agissait du Copenhagen Admiral Hôtel. Quatre étoiles. Tél. : 33 11 82 82. Fax : 33 32 55 42. E-mail. Internet. Tout le toutim. Prix de la nuit : 950 couronnes. Lucien m'avait dit : Dépense comme tu veux, mais fais quand même attention, je compte sur toi, je te fais confiance, bonne chance, dis-lui ce que je t'ai dit, soulage mon cœur. Je trouve le « soulage mon cœur » très touchant.

Qualité danoise de niveau international. Hôtel délicieusement aménagé dans un bâtiment classé, entièrement rénové, des années 1780. Oui, fin dix-huitième. Vue sur le port. Des trois-mâts sous les fenêtres. Bar tout confort. Chiens autorisés. Toutes races. Parking. Aéroport = 10 km. Plage = 5 km. Golf = 20 km. Tennis = 0,4 km.

Que faisait-il de ses après-midi ? Que visitait-il ? Réponse de l'intéressé : Rien, absolument rien, j'étais trop déprimé. Je buvais, je fumais, et comme fumer me donnait soif, je rebuvais, et comme boire me donne envie de fumer, je refumais, ainsi de suite jusqu'à l'heure du dîner, ensuite je remontais me coucher. Les déjeuners avec elle me déprimaient. Bon, ça suffit, allons nous promener.

Où aller par cette belle matinée ? Un coup de brochure. Une petite trotte ? me dit-elle. Alors moi, beau joueur : Oui, pourquoi pas ? Alors elle : Pourquoi ne pas découvrir Copenhague à pied ? J'ai commencé, lui dis-je, je suis même bien avancé. Alors elle, comme au premier jour : Une des premières choses qu'on remarque dans cette ville, c'est son caractère paisible et sans risque. J'étais pour ma part très énervé, je me sentais menacé, observé, suivi, épié, en danger de mort.

La brochure : Sur la carte, vous remarque-

149

rez un demi-cercle tracé en vert. Moi : Oui, je le vois. Je le voyais. Ensuite ? lui dis-je. La brochure : Ce sont les vieux remparts, qui n'ont guère résisté au bombardement anglais de 1807. Moi : Attendez un peu. Vous dites bombardement anglais ? Bataille navale ? Oui, me dit-elle, pourquoi ? Moi : Pour rien, continuez. La brochure : Ces destructions ont permis la plantation de splendides parcs. Planter des parcs ? pensai-je. Est-ce possible ? Mais soit, lui dis-je, je vais aller traîner par là.

Pour oublier une femme, il suffit de s'intéresser aux autres, c'est radical. Pas si radical que ça mais quand même, ça distrait. C'est ce que je fis quand j'arrivai au bord d'un lac miroitant d'une verdure à faire damner le père Monet et qui singulièrement me rappela les Buttes-Chaumont ou le parc Montsouris quand Suzanne et moi nous marchions dans Paris, à cette époque nous habitions Paris, tous les deux mais séparément, un idéal moderne, nous faisions nos études à Paris.

Trois femmes occupaient le même banc et bavardaient. A peu près du même âge, l'une après l'autre, elles prenaient la parole. Du moins le supposai-je. Celle du milieu ne parlait pas. Je m'en rendis compte au bout d'un certain temps. Quand son tour venait de prendre la parole, elle ne la prenait pas. Je la jugeai très imprudente, car la parole, me disais-je, c'est comme la chance, il faut la saisir quand elle passe. Elle avait des lunettes noires et l'index de la main gauche en contact avec ses lèvres closes. De quoi était-ce le signe ? D'un souci majeur ? Mineur ? D'une simple réflexion ? Simple au sens d'ordinaire mais pas forcément simple ? N'était-ce pas plutôt la physionomie d'un esprit menacé par l'ennui ? Il était temps que je rentre.

J'étais loin de m'y attendre. A peine assise pour ce déjeuner du vendredi, elle attaqua. Vous vous en moquez probablement, me dit-elle, mais j'ai très mal dormi cette nuit. Moi, ça allait. La nuit, je dormais. Ah bon ? dis-je. C'est ennuyeux. Puis : Et pourquoi, s'il vous plaît, je vous le demande, avez-vous si mal dormi cette nuit ? Elle posa ses couverts sur le bord de l'assiette et, exactement comme la fille du parc, je suis très sensible à ces coïncidences, se verrouilla les lèvres avec l'index de la main gauche.

Auriez-vous un souci ? lui dis-je. Mineur ? Majeur ? Ou bien simplement réfléchissez-vous ? A moins qu'à cause de moi vous ne soyez gagnée par l'ennui ? Dites-moi, ma chère, qu'est-ce qui ne va pas ? Elle ne répondit pas à ça, mon ironie. Elle déverrouilla sa bouche et parla. J'ai beaucoup pensé à ce que vous m'avez dit hier, me dit-elle. Ah bon ? dis-je. Taisez-vous, dit-elle, laissez-moi parler. Pardon, dis-je, continuez.

Elle : J'ai passé la nuit à réfléchir sur une phrase qu'hier vous avez prononcée. Quelle phrase ? dis-je. Elle : Vous avez oublié ? Moi : Je dis tellement de bêtises. Elle : Cette phrase n'était pas une bêtise. J'en rougis, dis-je. Elle : Probablement sans le vouloir mais avec beaucoup de subtilité, vous avez dit : Je prends des vacances pour le compte d'un ami. Pas mal, dis-je, vraiment pas mal et je me mis à rire, je ris toujours de mes bêtises, et plus elles sont bêtes, plus je ris, voilà, c'est comme ça.

Elle non, elle ne riait pas : Cette bêtise, comme vous dites, a produit sur moi ce que vous escomptiez, l'effet d'une énigme et je déteste les énigmes. Une énigme ? dis-je, vous

152

voulez dire une énigme comme le « to be »
d'Hamlet ? Elle : Si vous continuez, je vous
plaque en plein déjeuner. Sa menace me rappela
la femme que moi j'avais plaquée en plein dîner.
Elle me tapait sur les nerfs. J'ai cru que j'allais
la gifler. J'ai préféré m'en aller. Il y a en vous
quelque chose de pourri, me dit-elle. Très bien,
dis-je, je me tais. Continuez. Elle : J'avais terminé. Non, elle n'avait pas terminé : Que vou-
liez-vous dire ? Qu'entendiez-vous par : Pour
le compte d'un ami ?

26

C'est ce qui s'appelle être fait comme un rat. Avoir tout fait pour être fait. J'avais pour ça fait tout ce qu'il fallait. J'avais construit le labyrinthe et organisé la métamorphose, certes un labyrinthe de langage, une métamorphose toute rhétorique mais quand même, il fallait que j'en sorte.

Temporisons encore un peu. En quoi faisant ? En réfléchissant. En faisant semblant : J'aurais pu, n'est-ce pas, une fois de plus, me dérober, ruser, continuer à jouer, au plus fin, à qui perd gagne, prétendre que ma dernière saillie n'était comme d'habitude qu'une mauvaise plaisanterie, je ne le fis pas. Le lendemain, je l'attendais, je n'étais pas en avance, j'étais à l'heure, elle était en retard, elle se faisait attendre, j'avais pris la décision de lui répondre, elle ne s'excusa même pas, elle attaqua :

Car, me dit-elle, on peut tout faire pour le compte d'un ami, excepté prendre des vacances. Elle me faisait rire. J'adorais son esprit. J'aime d'abord l'esprit d'une femme, le reste suit et le reste suivit.

Si, ma chère, lui dis-je, on peut tout faire pour un autre, absolument tout à la place d'un autre, y compris prendre des vacances. Alors elle : C'est reposant ? Très drôle. Elle n'allait pas s'en tirer comme ça. Je me rappelai le cas tragique de Joé Bousquet.

Je vais vous donner un exemple, dis-je, c'est mon travers pédagogique, mon côté didactique, un exemple sans doute vulgaire, peut-être même un peu choquant, mais à mon sens très éclairant. Dites, dites, minauda-t-elle, ironique, méchante. Elle avait le dessus pour le moment.

J'ai eu par hasard à connaître l'existence d'un écrivain, un poète qui, blessé en 1918, une balle dans la colonne vertébrale, avait perdu l'usage de ses organes vitaux. Vous me suivez ? Suivez-moi bien, lui dis-je. Héroïque mais fou de fantasmes, il en est arrivé, un jour, à ceci : il a demandé à un ami de faire l'amour pour lui, devant lui. Alors elle : De là à prendre des vacances.

Elle se leva. Elle n'avait plus faim. Elle s'en alla sans finir son sandwich polyvalent, une spécialité du pays, je cite : « Le sandwich pléthorique, ouvert sur l'assiette, avec sa variété de pains, de garnitures et de sauces, et une délicieuse bière pression pour l'accompagner. »

Je commandai un autre verre de vin pour finir mon pain. En attendant mon vin, je m'abstins de réfléchir. J'étais ému. J'avais peur. Une amertume particulière. Quand on va tout gâcher. Elle avait failli m'avoir. J'ai marqué le dernier point. La partie n'est pas finie. Juste interrompue. Suspendue. Elle est partie sans me dire au revoir. Ni au revoir ni à demain. Sans me tendre la main.

Pour oublier la main d'une femme, le voilà encore avec ses conseils, il suffit de regarder les mains d'une autre femme. Avec un peu de chance, les mains de l'une ne vous rappellent pas l'autre. Autour de moi, ça ne manquait pas. J'ai regardé. Ça n'a pas marché. Les mains de la femme qui venait de me quitter étaient infiniment plus belles.

Celle de gauche portait une robe à fleurs. Etait-ce bien l'hiver ? J'imagine des dahlias, du nom de Dahl, botaniste suédois. Décolletée, elle était brune, les cheveux courts frisés, arabe ou juive, difficile de les distinguer, disons d'une origine commune : sémite. Elle buvait un jus d'orange jaune dans un col de cygne évasé avec une paille noire. Des dents très blanches. Les cheveux au sommet de son crâne rougeoyaient dans le soleil comme la nuit les volcans réveillés. Elle cessait de siroter. Elle souriait aux paroles de sa voisine. Que je voyais de dos, son tee-shirt bleu ciel. Elle aussi ses cheveux brûlaient mais je ne voyais pas ce qu'elle buvait. Son pantalon était marron et le dossier de sa chaise, en paille tressée deux tons, un fil beige, un fil marron, dessinait des chevrons, des « V », toute une quantité, emboîtés comme les chaises d'un café quand ça ferme, quand c'est fermé, quand il n'y a plus personne, tout le monde est parti, sauf le garçon, il empile les chaises.

Un jeune homme en chemise blanche mordillait l'ongle de son pouce. A côté de lui, une blonde aux cheveux longs, réunis sur la nuque par une barrette en plastique vert, buvait une bière dans le même verre que la fille aux dahlias, je veux dire dans un verre semblable.

Allais-je la revoir ? Je regagnai l'hôtel. Jusqu'à l'heure du dîner, j'en étais certain, j'allais fumer et boire, boire et fumer, et comme fumer me donnait envie de boire, reboire.

27.

Tout ça bien sûr aux frais de la princesse Lucien. Les princesses à prénom masculin ne courent pas les pinacothèques. Je n'en ai pas vu une seule, ni à la Ny Carlsberg Glyptotek pleine de peintures danoises dites de l'Age d'Or, ni au musée national des collections historiques de la préhistoire à nos jours.

Ma mère disait de moi, ça me revient : Mon fils chéri, c'est un prince. Un prince noir. Une ordure. Je ne suis même pas allé à son enterrement. J'ignorais même qu'elle était morte. Ça me rappelle la première phrase de *L'Etranger* : « Aujourd'hui maman est morte, ou peut-être hier, je ne sais pas. » Bref, laissons Camus là où il est, une ferraille de bagnole à travers le corps, et revenons à ma petite princesse à moi.

Je me demandais si elle allait venir. Elle vint. Elle déplia sa serviette, une serviette blanche brodée aux armes du restaurant, à propos c'est elle qui payait, en guise de salaire, elle rémunérait ainsi ma compagnie parlante, l'allongea sur ses genoux, me fixa avec des yeux de reptile, et, comme si de rien n'était, comme si nous n'avions pas cessé de bavarder depuis la veille, elle répliqua : Et bien sûr c'est le cas de votre ami.

Quel ami ? dis-je, je n'ai pas d'ami. Mais si, souvenez-vous, dit-elle, l'ami pour le compte de qui vous prenez des vacances. Pour le compte, c'est vite dit, dis-je, disons plutôt que je les prends sur son compte. Alors elle : Et vous a-t-il aussi chargé de faire l'amour pour lui ? Pour lui, oui, dis-je, mais pas devant lui, il faudrait pour ça que je vous ramène en France. Alors elle : Auriez-vous envie de moi ? J'allais répondre oui. Non, ne répondez pas à cette question, me dit-elle, répondez plutôt à celle-ci : Pourquoi, moi, devrais-je me charger de ça ?

La guerre. Elle me faisait mal. J'avais mal alors je répondis. La réponse était prête, toute faite, bonne à servir, inévitable. Parce que c'est vous, dis-je, qui l'avez mis dans cet état. Je vois,

160

dit-elle, vous roulez pour ce salaud. L'expression « rouler pour » me rappela l'histoire des deux camionneurs incultes.

Non, dis-je, je roule pour moi. C'est moi le salaud. Lui, ça n'est, enfin, ça n'était, qu'un abruti. Un abruti qui viole ? C'est ça, dis-je. Un abruti qui vous tue si vous ne lui cédez pas ? C'est ça, dis-je. L'abruti qui m'a violée ? C'est ça, dis-je. Qui m'aurait tuée si je ne lui avais pas cédé ? C'est ça, dis-je. Arrêtez de dire c'est ça, vous m'exaspérez.

Elle se maîtrisa. Son regard chercha le calme un peu partout, surtout en France et enfin le trouva. D'une inspiration brève, au sens pulmonaire, elle se redressa, puis bloqua tout, puis chassa l'air, puis me cloua : En résumé, dit-elle, en deux mots, brièvement, faites vite, je suis pressée, mon cher ami, mon pauvre ami, et elle accentua, l'écorchant, le mot « pôvre », que puis-je pour vous ?

Dîner avec moi, dis-je, ce soir. J'en ai un peu assez de vos déjeuners. D'un coup d'œil elle sonda ma nouvelle hypocrisie. Dîner et puis quoi ? me dit-elle. Je fus tenté de lui demander si elle aussi avait vu le film qui raconte l'histoire d'une somnambule embarquée dans une vie antérieure, et qui, pas plus que vous et moi, n'eut de vie antérieure, elle voulait juste croire qu'elle pouvait être une autre, pour un autre, et faillit réussir, en changeant seulement de couleur : de cheveux, de tailleur. Et, en définitive, trahie par quoi ? Par un objet qui brille, un bijou, un leurre.

Juste dîner, dis-je. Et puis, en prime, vous allez me faire un petit cadeau, comme disent les prostituées, un souvenir, quelque chose que je vais emporter. Elle : Une petite sirène dans un globe avec de la neige ? Je l'aurais embrassée. Très drôle, dis-je. Non, dis-je, j'aimerais simplement qu'en dînant vous me racontiez votre passion avec votre amiral.

Ma remontée dans son estime, je lui faisais plaisir, s'accompagna d'une éclaircie dans le ciel de ses yeux, comme c'est joli, et en même temps de la peine, car après l'éclaircie vint la pluie, une pluie poudreuse, de celles qui s'accrochent aux nuages, alors les nuages se changent en brume, et la brume comme un voile occupe la surface de ses yeux, oh, pas longtemps, juste le temps pour moi de voir que ses yeux brillent, qu'elle est émue à cause de moi.

D'accord, dit-elle, ça marche. J'ai deux ou trois courses à faire et je passe vous prendre. En vélo ? dis-je. Ça la fit rire, tant mieux. Il paraît que les femmes adorent ça, les hommes légers, drôles. Je me demande si son amiral la faisait rire. J'en saurai plus ce soir, me dis-je. Elle se leva en me disant : J'adore votre esprit. Elle souriait en s'en allant.

28.

La note d'hôtel était carabinée. Il me restait
quand même de quoi prendre un taxi. J'en
commandai un. Je descendis. J'attendis. Il
arriva. C'était le même. J'ai pensé au signe d'un
destin qui se donnerait un mal de chien pour
me montrer que rien n'a changé, qu'il ne s'est
rien passé, absolument rien. La même voiture
que l'autre fois. Ce modèle bien sûr courait les
rues, surtout en costume de taxi, je veux dire
en uniforme de la compagnie, comme à New
York ou à Madrid, mais quand même, la coïncidence me troubla. Il ne manquait plus que le
chauffeur.

Alors ? me dit-il. Vous avez vu le château
d'Hamlet ? Il m'avait reconnu. Ces gens-là ont
une mémoire phénoménale. Moi aussi. Je me

164

souvenais de lui. Je n'étais pas d'humeur. J'emportais mon chagrin. Mon cœur était lourd. Très lourd. Si lourd, le cul de son taxi frottait sur les pavés, comme la plate-forme d'un bus bondé, ou le pot d'échappement, ça faisait des étincelles, ou alors ses amortisseurs étaient morts, c'est possible.

Non, lui dis-je, je suis resté dans ma chambre, j'ai relu *Othello.* Ah, Iago, entonna-t-il avec des trémolos. Il repartait. Moi aussi. Nous repartions. Il baissa la radio. Je me calai dans le fond du siège pour échapper à son regard d'idiot. Puis je me mis à penser aux deux âmes mortes qui m'attendaient. Courage, me dis-je. Chauffeur ! Monsieur ? A La Roche-sur-Yon !

Un petit crochet par l'aérodrome. Un vol spécial de la SAS nous attendait, moi et une bonne centaine d'autres, des malchanceux, des fuyards, des repris et aussi des rêveurs, tout un monde qui rentrait, je déteste l'avion. Pas l'avion en soi, c'est une belle invention, les voyages en avion.

Dans l'avion, je me suis retrouvé avec le même type qu'à l'aller, le sale type aux grands yeux ronds bizarres. Son regard pitoyable me rappelait celui de ma chienne, elle est morte, la pauvre, quand je la droguais à mort pour la faire tenir tranquille dans le break, à cette époque-là nous roulions en break car nous avions une chienne, elle est morte aveugle, la pauvre, le cœur a lâché, quand Suzanne et moi on partait à la mer.

Je n'en aurai pas beaucoup profité, de la mer, à Copenhague, où je n'avais plus rien à faire. Ni du vieux port. Des vieux quais. Nyhavn. Christianshavn. Je cite : « Canaux, gréements anciens, au cœur de la vieille ville, ruelles, deux quartiers très animés, aux trottoirs longés de gargottes, de tavernes et de bons restaurants, et figurez-vous qu'en été on boit de la bière dans des kiosques installés à même le quai. »

C'était l'hiver. Un hiver très doux pour là-bas. Une douceur que l'on doit au climat maritime. Chez moi, je m'en rendis compte en atterrissant, il faisait beaucoup plus froid, et ça n'allait pas s'arranger.

Le taxi français me laissa en paix pendant tout le trajet. Il me jeta sans commentaires sur le trottoir de la gare Montparnasse et de là je sautai dans un train. C'est une manière de dire car maintenant on ne saute plus dans les trains, pas plus qu'on ne saute sur la plate-forme d'un bus bondé, si pleine de gens, si lourdement chargée, elle frottait sur les pavés.

On ne peut même plus se faire engueuler par sa mère parce qu'on joue avec la porte du compartiment, il n'y a plus de compartiments. On ne peut plus lier connaissance, offrir une cigarette, une orange sortie d'un panier, ça me rappelle Maupassant, demander si la fumée dérange ou supporter la conversation des gens qui partagent le compartiment, il n'y a plus de compartiments. Tout semble mêlé alors que tout est désolé. On nous rapproche comme on nous sépare, très vite, en sécurité. Bref, tout ça aide son homme à mourir. Tout ce qu'il aimait n'existe plus. Restent les livres, bien sûr, où tout ça existe à jamais, une femme lisait à côté de moi, côté couloir, elle se levait souvent pour aller faire pipi. Je suppose que c'était passionnant.

Je me demandai alors si Lucien avait terminé son Dickens, avec cette Angleterre dont il ne reste rien. Trop inquiet sans doute pour lire. Je ne l'ai pas appelé une seule fois. Suzanne non plus.

On n'attrape plus des escadrilles, comme je disais quand j'étais petit, mon père était fou d'aviation, des escarbilles dans l'œil, il n'y a plus de charbon, plus de fumée, ni ma tête brune qui se penchait à la fenêtre, on n'entend même plus le rythme des rails, sauf peut-être quand le train-fusée ralentit. Il ralentissait. Nous arrivions.

29.

Même ma voiture semblait me reprocher de n'avoir pas donné de nouvelles. Elle était un peu spéciale. Elle n'aurait pas suivi n'importe qui. Elle était du genre à ne démarrer qu'avec moi. Elle fit celle qui ne me connaissait pas. Je fus obligé de me fâcher. D'accord, je t'ai laissée toute seule une semaine. D'accord, ta batterie est en danger. Tout de même, il ne faut pas exagérer. Non mais alors. Elle démarra sans davantage se faire prier puis peu à peu se réchauffa et se laissa conduire sans trop me résister, sauf peut-être la boîte de vitesses, elle est longue à chauffer.

Le trajet, le parcours, la route, le temps de la route, de la gare à chez moi, soit environ une trentaine de minutes, fut exclusivement consa-

169

cré à la question suivante : Que vais-je leur dire, que vais-je bien pouvoir leur répondre quand ils, eux, elle et lui, l'un après l'autre, pour des raisons différentes mais somme toute assez semblables et se réduisant à une seule, la jalousie, me diront : Tu aurais quand même pu téléphoner, me dire où tu étais, comment tu allais, si tu étais bien arrivé ? Où est donc la brochure qui répond à cette question-là, qui en toute circonstance vous indique comment mentir ?

A l'heure qu'il était, Suzanne n'était sans doute pas rentrée. Je décidai de passer d'abord chez Lucien.

Un léger sursis eût été le bienvenu. J'y crus : personne ne répondait à la sonnette. Une fois, deux fois. Une troisième fois plus insistante rejeta tout espoir de grâce. Il fallait que j'y passe. J'entendis des pas derrière la porte, des pas découragés, des pas que je ne connaissais pas. Les condamnés font les rêves les plus fous. Il s'agissait peut-être de quelqu'un d'autre. Je m'étais peut-être trompé de porte. Elle s'ouvrit. Aucun doute, c'était lui.

Ah, c'est toi, me dit-il, puis il fit demi-tour et regagna le fond de sa cage sans m'inviter à le suivre. Je le suivis quand même. Vu de dos, il était encore plus pitoyable. Des jambes nues et poilues dépassaient de sa robe de chambre un peu courte. Elles dépassaient aussi de ses chaussettes et ses pieds traînaient des pantoufles trop lourdes pour lui.

Il se recoucha et une fois dans son lit me fit face. Son regard m'impressionna. Je commençai à lui parler en ôtant mon manteau. Je déboutonnais mon beau manteau de marque anglaise. Il était de couleur chocolat. Le moindre de ses boutons semblait briller d'un luxe rare. Je cessai de le déboutonner. Je risquais en l'ôtant complètement d'être absorbé par le nid à crasse qu'était cette chambre, par l'air ambiant non renouvelé depuis mon départ, une odeur d'attente hermétique, un délicieux parfum de quarantaine, de surdité au monde, de cécité au monde, bref une odeur d'homme invisible et cet homme-là me regardait.

Inutile, dit-il. Tais-toi, dit-il, j'ai compris. Je me demandai ce qu'il avait compris. Autant le lui demander à lui. Tu as compris quoi ? dis-je. La réponse se faisait attendre. J'ôtai complètement mon manteau puis le jetai sur le fauteuil,

171

pas n'importe comment, en prenant soin de ne pas le froisser, bien qu'épais le tissu était fragile et sa belle couleur de sauce anglaise au chocolat fut du meilleur effet sur le velours bronze.

Brève et intense émotion esthétique. Après quoi je le regardai lui, de nouveau. Je vis que lui aussi était ému, ses yeux en témoignaient. Tu as compris quoi ? dis-je. Explique-moi, lui dis-je, parce que moi, tu sais, je n'ai rien compris. Alors lui : Tu n'as rien compris à quoi ? Le retour incessant du mot « compris » me donnait le tournis. J'étais totalement abruti, fatigué, j'étouffais dans cette chambre : Ne pourrait-on pas ouvrir un peu la fenêtre ?

Il se leva, ouvrit la fenêtre puis se retourna. Le froid entrait et par-derrière le saisissait. Il se crispa, ajusta sa robe de chambre et me regarda. Son regard était mi-suppliant, mi-haineux, entre larmes et colère. Tu vas te décider à parler ? me dit-il. Très bien, dis-je, si tu y tiens, allons-y. Alors lui, grelottant de chagrin et de fièvre, dans un peignoir épais en tissu écossais vert et bleu, un vert et un bleu clairs :

Tu l'as vue ? Non, dis-je. Tu ne l'as pas vue ? Si, dis-je. Tu lui as parlé ? Non, dis-je. Tu ne

172

lui as pas parlé ? Si, dis-je. Tu lui as dit ce que
je t'avais dit de lui dire ? Non, dis-je. Tu ne lui
as pas dit ce que je t'avais dit de lui dire ? Si,
dis-je. Elle n'a pas voulu ? Si, dis-je. Elle a
voulu ? Non, dis-je. J'ai cru qu'il allait me tuer.
Sans doute trop faible pour me tuer. Déjà trop
faible pour se tuer lui-même, alors pour me tuer
moi, sans mon aide, non, il ne pouvait pas.

Il s'absenta quelques instants dans une
espèce de léthargie puis revint à lui, à moi, à
nous, avec quelque chose dans le regard qui
voulait dire : Tu m'as trahi. Alors, évidemment,
comme je l'avais trahi, la question suivante fut
celle-ci : Tu l'as aimée ? Non, dis-je. Il voulait
sûrement dire physiquement. Non, dis-je. Tu
ne l'as pas aimée ? Non, dis-je, personne ne
peut l'aimer, elle ne peut plus aimer personne,
elle n'aime que lui.

30.

Tu aurais quand même pu téléphoner. Je sais,
dis-je. Me dire au moins où tu étais. Je sais, dis-je.
Comment tu allais. Je sais, dis-je. Si tu étais bien
arrivé. Je sais, dis-je. Arrête de dire je sais, ça
m'exaspère. Je sais, dis-je. Elle me gifla.

Ma dernière gifle remontait loin. Mon père
me l'a donnée juste avant mon départ pour
l'armée, pour la route, j'avais reçu ma feuille de
route. Et pourquoi mon père m'a-t-il giflé alors
que j'étais à la veille de partir pour la guerre ?
C'est très simple, j'insultais ma mère, sa femme,
alors lui, évidemment, vis-à-vis d'elle, il se
devait de jouer son rôle de coq émasculé, alors
il m'a giflé.

Excuse-moi, me dit Suzanne, je n'aurais pas
dû faire ça. Tu as bien fait, lui dis-je, j'en mérite

un tas d'autres. Elle attendait que je revienne pour s'en aller. Elle aurait pu partir pendant mon absence et me laisser un mot comme les suicidés, ma mère n'a pas laissé de mot, non, pas Suzanne, elle a toujours été honnête.

Elle avait trouvé un autre travail, plus intéressant mais si loin, l'obligeant à déménager. Elle savait que je n'allais pas la suivre. Elle savait que j'en avais assez. Elle aussi en avait assez. Lucien nous aura aidés. Elle insista pour qu'on s'aime une dernière fois. Je n'avais rien contre. Elle profita de tout le désir que j'avais accumulé pour ma petite princesse danoise. Elle n'y vit que du feu, c'est le principal, un feu qu'elle attribua sans doute à la détresse, elle-même prit feu.

Et maintenant ? dit-elle. Qu'est-ce que tu vas faire ? Elle s'inquiétait pour moi. Son inquiétude était sincère, pas du tout curieuse parce que jalouse. Généreuse, voilà, c'est ça, et la générosité, à ce stade-là, c'est rare. Je répondis dans l'apaisement, un soulagement assez proche d'un certain vide, je parle de l'apaisement du corps et du vide de l'esprit, une sensation de zéro, comme si tout, peut-être, était à recommencer, et de fait je me mis à désirer ma petite princesse de nouveau.

Je vais continuer, dis-je, à m'occuper de Lucien, et je vais continuer à écrire. Alors elle : Et tu comptes vivre avec ça ? Alors moi : Non, dis-je, mais Lucien a les moyens, sa mère lui a laissé largement de quoi vivre, et comme lui désormais ne vit plus que de rien, j'ai avec lui largement de quoi vivre. Elle : Tu comptes vivre aux crochets de Lucien ? Moi : Je vivais bien aux tiens, lui dis-je. Oui mais moi c'est pas pareil, me dit-elle, je suis ta femme, et je t'aime. Lucien aussi, fus-je tenté de lui dire. Je m'abstins. La conversation dégénérait. S'entendre n'était plus possible. Il valait mieux se séparer.

En attendant, Suzanne et moi, on se reposait. Nos cœurs cognaient encore un peu en souvenir de nous. Nos vieux cœurs respectifs retrouvaient peu à peu leur propre rythme. Nous respirions côte à côte et chacun s'occupait de sa propre pensée. Deux jeunes amants resteraient accrochés l'un à l'autre et il faudrait les séparer. Nous n'étions que de vieux amants, qui se reposaient.

J'ignore à quoi Suzanne pensait. Il fut un

temps où je le lui demandais. Elle ne répondait pas. Je savais qu'elle ne répondrait pas et pourtant je le lui demandais. Les femmes ne répondent jamais. Les hommes si, ils adorent ça. Alors je vais répondre. Personne ne me le demande mais je vais répondre. Je pensais à Lucien.

Tu lui as dit que je voulais la voir ? Oui, dis-je, je le lui ai dit. Et elle n'a pas voulu ? Non, dis-je, elle n'a pas voulu. Alors lui : Qu'est-ce qu'elle a dit ? Elle a dit que c'était inutile, dis-je. Elle a dit ça ? Oui, dis-je, elle a dit ça. Elle a dit ça et elle m'a dit : Vous n'êtes pas de mon avis ? Si, lui ai-je dit, je suis de votre avis. Je pensais moi aussi que c'était inutile. Alors lui : Tu pensais ça et tu es parti ? Oui, dis-je, je pensais ça et je suis parti, pour moi, pour partir, pour te fuir, et aussi pour te faire plaisir.

Suzanne me demanda si j'avais vu cette femme. Je répondis que oui. Elle me demanda si je l'avais aimée. Je répondis que oui. Elle pleura. Moi aussi. Et comme ni l'un ni l'autre nous ne supportions de nous voir pleurer, nous nous sommes forcés à rire et ça a marché, nous nous sommes alors demandé pourquoi nous nous quittions.

31.

Je disais plus haut que Lucien m'avait suggéré le titre de ce livre. Il m'en aura également dicté la fin. Quand il m'a annoncé ça, je me suis rappelé le roman de Drieu La Rochelle, dont le titre je crois était *Le feu follet*. Je préfère *Nuage rouge* mais la question n'est pas là. Le héros avait choisi de mourir en juillet. Il me semble que c'était en juillet. J'ai oublié la date exacte.

Lucien avait décrété que ce serait mercredi. Pourquoi mercredi, j'ai fini par l'apprendre. C'est d'ailleurs assez bête. Il était né un mercredi et il voulait mourir un mercredi. Pas mercredi là. Pas nécessairement. Pas mercredi prochain. Rien ne presse, me dit-il. Un mercredi, n'importe lequel, tu saisis ?

Moi, quand on m'annonce des choses comme ça, je n'ai pas envie de protester. Je laisse dire.

178

Je me disais : Après tout, c'est sa vie, je m'en suis assez mêlé, ça suffit. Je le laissai dire. Il avait l'air sérieux. Pas du tout provocateur, ou très peu. Il n'essayait plus de jouer avec moi le jeu qu'il avait joué jusqu'à Copenhague. Je me demandai ce que ça cachait.

Ça cachait deux surprises. La deuxième, je ne devais m'en amuser que très tard, au tout dernier moment. La première, plus immédiate, ne m'a pas amusé, du tout, au contraire.

La journée pourtant avait bien commencé. Il faisait beau, froid mais beau, un temps comme j'aime. Je m'étais fait un excellent café. J'en avais bu deux bols. Mon cœur en palpitait au point de me faire croire à une vie palpitante. Mon livre avançait bien. J'étais de bonne humeur. J'avais une lettre de Suzanne qui me disait : De mon côté tout va très bien, mon travail me plaît, mon studio est coquet. Il y avait même un post-scriptum disant ceci : Si tu changeais d'avis, je serais très heureuse de continuer avec toi la vie. Je commençais à me demander si je n'allais pas changer d'avis. La journée commençait plutôt bien. Lucien a tout détruit.

Je n'y arriverai jamais tout seul, me dit-il.

Alors moi : Ne compte pas sur moi pour te tuer. Alors lui : Je ne te demande pas de me tuer, je te demande de m'aider. Aussitôt j'ai pensé à un film. Décidément, mine de rien, avec Suzanne, j'aurai vu beaucoup de films. Oui mais dans le film, le flic qui faisait ça, qui aidait cette vieille dame à mourir, n'avait plus rien à perdre. Moi si. J'avais un livre à finir et peut-être une vie à sauver. Ma vie avec Suzanne.

Tu me dois bien ça, me dit-il. Tu m'as trahi. Tu m'as achevé. M'aider à mourir est le moins que tu puisses faire. Autrement dit, finir ce que tu as commencé. Une voix en moi, que je n'arrivais pas à faire taire, était d'accord, répondait oui, je suis d'accord, puis cette voix s'adressa à moi : Dis-lui que tu es d'accord, me dit-elle, je veux qu'il crève, et cette voix, qui me parlait à moi, pas à lui, qui se faisait complice de moi, contre lui, était la voix de ma petite sirène.

Très bien, dis-je à Lucien : si tu y tiens, si tu es vraiment décidé, si tu penses pouvoir ne pas flancher, je suis d'accord pour t'aider, mais à une condition. Laquelle ? me dit-il. Ne fais pas trop traîner les choses, dis-je, tu pourrais changer d'avis et moi aussi. Alors lui :

180

C'est promis. Il y avait dans sa réponse, dans sa promesse, un côté enfantin, comme quand j'étais malade et que ma mère s'en allait faire des courses, je lui demandais de me rapporter un petit quelque chose, n'importe quoi, une image, un bonbon, alors elle me faisait promettre : Tu seras sage ?

Elle n'oubliait jamais mon petit plaisir. Elle a juste oublié de me prévenir quand elle s'est suicidée. Avec mon aide, elle ne se serait peut-être pas ratée. Elle se serait ainsi dispensée de me dire, sur son lit d'hôpital, quand je suis allé la voir : Ne me regarde pas comme ça, j'ai fait moi ce que toi tu n'auras jamais le courage de faire. Ça aide à vivre, des choses comme ça.

J'offris mon courage à Lucien. Je croyais qu'il en manquait. J'ai cru qu'il avait besoin du mien. Je me trompais. Il en avait plus que moi. Il en avait même pour lui et moi, un courage entièrement dirigé contre moi. Il faut qu'on le sache, une fois pour toutes : un suicidé n'a qu'une idée en tête, vous tuer.

Bref, je souhaitais sa mort, il souhaitait la mienne, nous étions à égalité, la question du pourquoi était réglée. Restaient les questions du quand et du comment. Autrement dit, quelle arme et quel mercredi.

32.

Je suis né un 14 janvier et je suis mort la
veille.

Le mercredi 13 janvier, veille de mon anni-
versaire, jour de la Sainte-Yvette, avant de me
remettre au travail, j'avais rédigé une lettre pour
Suzanne, pas du tout pour le cas où, du style :
S'il m'arrivait quelque chose, non, pas du tout,
je voulais lui dire que j'avais réfléchi à sa pro-
position d'union nouvelle sur les mêmes bases
et qu'elle me tentait bien, et pour une fois j'étais
sincère, le téléphone sonna.

Je suis prêt, me dit-il. Prêt à quoi ? dis-je.
Je débarquais. J'étais en train de me demander si Suzanne allait penser à mon anniver-
saire. Prêt à quoi ? dis-je. Comment ça, prêt
à quoi ? me dit-il. Aurais-tu oublié ? Non, dis-

je, enfin si, enfin bon, enfin bref : Qu'est-ce que tu veux ? Tu es sourd ou quoi ? me dit-il. Je viens de te dire que je suis prêt. Très bien, dis-je, quand tu voudras. Maintenant, dit-il, je t'attends.

Dans la voiture mon cœur tapait aussi fort qu'une, je cite : Sono techno. Inutile de me fatiguer en comparaisons et métaphores. Tout le monde connaît ces auto-fantômes qui rôdent dans les villes le samedi. J'aurais bien rôdé moi aussi, au sens de traîner, de s'attarder, délibérément s'égarer, je n'étais pas pressé d'arriver. J'aurais volontiers fait le tour du département si je m'étais écouté. J'écoutais ma pensée.

Je me rappelai cette infirmière qui abrégeait les souffrances des malades. Ça m'a calmé. Je me suis dit : Voilà, je suis une infirmière et je vais mettre un terme aux souffrances de Lucien, y contribuer du moins.

C'était sérieux. Ça devenait sérieux. Très. Extrêmement. Horriblement sérieux. Je n'y pouvais plus rien. On traîne, on rôde, on s'attarde, on réussit même à s'égarer, autrement dit on se perd dans la vie, alors on oublie, on plaisante et puis un jour ça devient sérieux. Traînons encore un peu :

Dans l'épisode des multiples chantages, il n'était pas sérieux, il attendait que j'arrive pour sauter par la fenêtre ou dans le nœud d'une corde, son but était de m'expédier à Copenhague. Le mercredi 13 janvier, son but était de me tuer. Temporisons :

Il existe différentes façons de tuer les gens. Les propres et les pas propres. J'ai vu une fois un soldat tirer une balle dans la tête d'une jeune femme qui avait son bébé dans les bras. C'était propre. Pas de sang, pas de cervelle. Rien de bien spectaculaire. Juste la netteté d'un geste simple, ordinaire, bref, efficace. Une seconde balle fut nécessaire pour le bébé tombé des bras de sa mère, pour le faire taire, j'en tremble de colère mais ça ne m'empêche pas de vivre, vous non plus, j'imagine.

Avec Lucien, ça s'est passé comme ça, côté propreté. Pour le reste, ça s'est plutôt éternisé. Nous étions l'un comme l'autre un peu durs à la détente. Il avait choisi un pistolet. Pas un revolver, un pistolet. Il paraît qu'il y a une différence. J'ignore où il avait déniché ça. Il paraît

185

que ça se trouve facilement. Même les mineurs en ont. Les enfants. Enfin, il paraît. Essayons encore de nous égarer :

Les armes ne m'intéressent pas. Mais je dois avouer que son pistolet était un bel objet. Je l'ai pris en main. Je l'ai gardé. Regardé avant de le lui rendre. Puis j'ai interrogé Lucien sur la façon dont on allait s'y prendre. J'essaie encore :

Quelque chose d'intime en nous sait que toute arme est conçue pour tuer. L'intime s'oppose au civilisé. L'intime veut tuer. Alors bien sûr on tire sur des cibles, statiques ou mouvantes, sur des arbres, ou sur un vieux mur, qui peut-être a recueilli des fusillés, mais c'est toujours en attendant de pouvoir tuer.

Le moment était venu. La question était de savoir qui. De nous deux. Allait tuer. Pas lui, il en était incapable. Pas moi non plus, ma position là-dessus était tout à fait claire : Pas question que je te tue, je t'aide et rien de plus. Il n'existait qu'une solution.

Reprenons : Qui va tuer Lucien ? Réponse : Nous deux. Encore une fois : Qui va appuyer sur la détente ? Réponse : Nous deux. Où ça ? dis-je. Dans le fauteuil, me dit-il. Lequel ? dis-

186

je. Celui de gauche, me dit-il, l'autre est occupé
par ton manteau. Je regardai mon beau manteau, comme pour la dernière fois, bien que je
ne dusse pas mourir. Le rapport du cachemire
de couleur chocolat sur le bronze velouté du
fauteuil, dans un peu de soleil, était magnifique.

Je lui demandai de m'expliquer la marche à
suivre. Celle que tous deux nous allions suivre.
C'est très simple, me dit-il. Je vais m'installer
dans le fauteuil. Je vais appuyer le pistolet
contre ma tempe. Ensuite, toi, tu vas venir
t'asseoir à côté de moi, là, sur le bras du fauteuil. Après quoi, tu saisiras le pistolet, avec
moi, comme ça, comme si tu voulais me le prendre, comme si je refusais, comme si je voulais
le garder pour moi, et tu appuieras ton doigt,
là, sur mon doigt, et mon doigt sous ton doigt
appuiera sur la détente. Ça ira ?

Tu es gaucher ? dis-je. Non, dit-il, pourquoi
tu me demandes ça ? Parce que, dis-je, si tu me
fais asseoir de ce côté-là, tu auras le pistolet
dans la main gauche. C'est vrai, dit-il, je n'avais
pas pensé à ça. On ne peut pas penser à tout.
Il avait pensé à autre chose pour moi mais nous
n'en sommes pas là.

33.

J'ai vu une fois un soldat tirer une balle dans la tête d'une jeune femme qui avait son bébé dans les bras. Une seconde balle fut nécessaire pour le bébé tombé des bras de sa mère, pour le faire taire. Et une troisième pour le jeune père qui voulait tuer tous les soldats.

Cette reprise est délibérée. Je supplie mon futur éditeur, s'il s'en trouve un pour me publier, de ne pas la supprimer. En musique, dans le temps, on répétait ce que l'auditeur aimait à entendre. Moi, je répète ce que le lecteur a horreur de lire. Mon but est de tourmenter son esprit. Je veux qu'il tremble. Je rêve. Qu'il ne dorme plus la nuit. La fameuse lutte contre l'oubli. Et puis aussi parce que je pense que cette scène, dans sa version complète, familiale, est infiniment plus importante que la petite histoire que je vous raconte, mais puisque j'en suis là, je vais la finir, avant qu'une nouvelle tuerie ne commence, alors dépêchons-nous.

La mort qui s'éternisait entre Lucien et moi se traduisit par un duel entre deux doigts, un duel au doigt, donc, à l'index pour être exact. Mon index sur le sien. Le sien sous le mien. Il serait long d'énumérer les différentes phases de ce duel. Je le pourrais si je le voulais, je me souviens de tout, dans le moindre détail. En somme ce fut une question de nerfs. Oublions les nerfs. Retenons seulement que les deux ou trois figures principales furent soumises à d'interminables variations. J'entends par figure principale une pression de l'index ou sa dérobade, étant admis que l'index qui presse n'est jamais celui qui se dérobe, en principe. Je dis en principe, car, nous le verrons dans la troisième figure, le même index, pour se dérober, doit presser. Autrement dit, s'il se dérobe, c'est qu'il presse.

Les figures principales sont : 1) Mon index appuie sur le sien et le sien lui résiste. 2) Son index tente de repousser le mien et le mien lui résiste. 3) Son index se dérobe sous le mien, creuse l'écart, veut faire cavalier seul, alors moi, pour ne pas être en reste, n'être pas là pour rien, je l'ai rejoint, j'ai appuyé plus vite que lui, plus fort que lui, peut-être en même temps que lui et le coup est parti.

Difficile, n'est-ce pas, de dire qui a tué l'autre. Moi je dirais que c'est moi, si l'autre c'est lui. Par contre, si l'autre c'est moi, alors c'est lui. Je m'explique.

On ne se méfie jamais assez. En tout cas moi. La surprise était celle-ci. Une traîtrise. Banale, d'une banalité à pleurer, mais imparable. Dans une pure tradition de vengeance. Entraîner l'autre avec soi. Je suis perdu, mais. Je meurs heureux. Tu ne me survivras pas. La prison n'est pas la mort mais quand même. Enfin bref, il avait oublié de me prévenir qu'il enverrait une lettre aux flics, je cite : Sylvère m'a tué. C'est moi. Il est temps que je me présente. Sylvère Fonda. Enchanté.

Alors évidemment ils m'ont interrogé. Je leur ai dit la vérité, j'adore ça. Je leur ai tout raconté, comme à toi. Résultat, j'ai été accusé d'homicide volontaire, et, reconnu coupable, j'ai été

190

condamné. Je m'étais pourtant fabriqué une belle défense, autour du thème de l'euthanasie. Ça n'a pas marché. Tant pis. Je m'en suis quand même très bien sorti. J'ai bien parlé. J'ai réussi à dérouler des phrases, parfois très longues, sans une seule fois me mettre à bégayer. Enfin voilà. A présent, écoute-moi : Ne m'attends pas. Continue sans moi. Ne m'écris pas.

CET OUVRAGE A ÉTÉ ACHEVÉ D'IMPRIMER LE
SEIZE NOVEMBRE DEUX MILLE SIX DANS LES
ATELIERS DE NORMANDIE ROTO IMPRESSION S.A.S.
À LONRAI (61250) (FRANCE)
N° D'ÉDITEUR : 4336
N° D'IMPRIMEUR : 062492

Dépôt légal : janvier 2007